KB038294

난민들

한 개의 섬, 두 개의 시선

난민들

한 개의 섬, 두 개의 시선

안느리즈 에르티에 글 • 정미애 옮김

다림

1장

밀라는 침대 위에 배낭을 아무렇게나 내려놓았다. 덧창 틈새로 스며드는 희미한 빛줄기만이 방 안을 밝히고 있었다. 규칙적인 리듬에 맞춰 바위에 부딪히며 울리는 둔탁한 파도 소리가 그나마 방 안에 깔려 있는 어둠을 밀어 내고 있었다.

섬에 마지막으로 온 게 언제였지?

6년 전인가. 꽤 긴 시간이 흐른 셈이었다.

밀라는 지금 이 순간을 좀 더 음미하고 싶어졌다.

밀라는 손가락으로 잔물결이 일렁이듯 반짝이는 먼지 결을 따라 토닥거리며 기다림의 시간을 좀 더 연장했다. 아이가 개미집을 헤집어 놓은 듯 미세한 먼지 분자들이 허공을 향해 마구 달아났다.

밀라는 숨을 깊이 들이마신 다음 덧창을 힘껏 열어젖혔다.

한낮의 환한 흰빛이 방 안으로 훅 하고 몰려들어 왔다. 그녀는 순간적으로 두 눈을 질끈 감고 고개를 돌렸다.

두 눈이 햇빛에 익숙해질 때까지 기다렸다가 주위를 꼼꼼히 둘러

보기 시작했다. 가구나 장식들은 예전 자리에 그대로 놓여 있었다. 그제야 안도의 숨을 내쉴 수 있었다. 방 한가운데 흰 철제 침대에는 꽃무늬 시트가 반듯하게 깔려 있었다. 배낭 하나만이 그 위에 덩그러니 놓여 있었다. 벽에는 소박한 그림들과 그만저만한 섬 사진들이 걸려 있을 뿐이었다. 파스텔 톤의 항구, 해안가 집들, 바다로 불쑥 한 발 걸어 들어간 작은 곶들, 그리고 해안 절벽에 사정없이 부서지는 쪽빛 파도의 향연…….

밀라는 자신이 힘든 노동을 하고 난 사람처럼 숨을 거칠게 내쉬고 있다는 사실을 깨달았다. 어린 시절을 보낸 이 방과의 만남을 수없이 상상했었는데, 실제 느낌은 무척 달랐다. 가벼운 흥분이 일면서 행복감에 가슴이 뭉클해졌다. 반면 전혀 예상치 못했던 슬픔이 그 안에 숨어 있었다.

방 안을 자세히 살펴보니 요란하지 않은 소박한 가구들이 대부분을 차지하고 있었다. 낡은 등나무 의자가 가장 먼저 눈에 들어왔다. 그 위에 헝클어진 머리칼의 인형 하나가 얌전히 앉아 있었다. 밀라가 딛고 서 있는 카펫도 많이 낡아서 곳곳에 올이 제멋대로 풀려 있었다.

밀라는 침을 삼켰다. 그녀의 기억 속에 각인된 방은 이렇게 초라하지 않은데. 뭐라고 할까……. 방이 시들어 버린 것만 같았다. 주위의 모든 것들이 그녀에게 행복했던 어린 시절로 다시는 되돌아갈 수 없다는 걸 상기시켜 주고 있는 듯했다.

밀라는 쓸쓸한 생각들을 떨쳐 버리려고 어릴 때 읽던 책들이 꽂혀 있는 책장 쪽으로 다가갔다. 손가락 끝으로 낡은 책들을 쭉 훑다 로베르토 인노첸티의 『신데렐라』* 책 앞에서 문득 멈춰 섰다. 책을 꺼내 들고 첫 장을 펼치자 옛 기억들이 되살아났다. 두 팔로 포근하게 품에 안은 채 등장인물에 따라 톤을 바꿔 가며 읽어 주던 엄마의 목소리가 들리는 것만 같았다.

밀라는 자기 입가에 미소가 번지고 있다는 걸 느꼈다. 그렇다. 그녀가 이곳에 돌아오며 기대했던 것도 이런 따뜻함과 편안함이 아니었을까.

밀라는 그림책을 들척이다 깜짝 놀랐다. 어젯밤 읽다 덮어 둔 것처럼 모든 것이 무척이나 생생했다. 기억 속에 고스란히 남아 있었다. 밀라는 코를 책 가까이에 바싹 대고 옛 시간의 향수를 찾아 킁킁거렸다.

"밀라야, 괜찮아? 네 방에 돌아온 기분이 어떠니?"

방문에 기댄 채 딸의 모습을 뚫어지게 바라보던 밀라의 아빠가 걱정스러운 얼굴로 물었다.

밀라는 얼른 책을 덮고 제자리에 다시 꽂았다. 당혹스러웠다. 어린 시절의 방에 돌아와 행복했지만, 동시에 다른 기억들까지 뒤섞여 들어 당황스러웠다. 방은 하나도 달라진 게 없었다. 그런데도 왠지 모든 게 달라진 것만 같았다. 복잡한 마음을 표현할 길이 없었다.

"그게…… 방이 훨씬 더 컸던 것 같은데……."

* **인노첸티의 『신데렐라』** 이탈리아의 일러스트레이터 로베르토 인노첸티가 20세기 초 영국을 배경으로 그림을 재해석한 작품.

아빠는 양손에 들고 있던 무거운 가방을 내려놓고 밀라에게 다가왔다.

"우리가 여기서 마지막 휴가를 보낸 게, 그러니까 네가 열 살 때였단다. 그때는 네가 아주 작았지. 점점 나이가 들어 갈수록 세상이 그만큼 작아 보인다는 걸 깨닫게 될 거야."

아빠는 살짝 미소 짓더니 덧붙였다.

"그래도 네 작은 요새는 그리 낡지 않은 것 같은데. 더 형편없을까 봐 걱정했거든. 하긴 지나 아주머니가 방을 치워 놓았다고 했으니. 깨끗한걸. 무엇보다 널 따뜻하게 맞이해 주는 것 같구나. 안 그래?"

아빠는 턱으로 작은 타원형 탁자를 가리켰다. 그 위에 놓여 있는 화병에는 방금 꺾어 놓은 듯한 흰 아가판서스, 라벤더, 짙은 자줏빛 시스터스 꽃다발이 한 아름 꽂혀 있었다.

아빠는 한쪽 팔로 밀라를 끌어안았다.

"여기 오니 참 좋구나."

밀라는 아빠의 갑작스러운 행동이 어색했지만 말없이 고개를 끄덕거렸다. 기숙사에서 지내기 시작하면서 엄마 아빠의 이런 부드러운 애정 표현들이 낯설기만 했다. 밀라는 아무렇지도 않은 척하려고 방문 손잡이에 달려 있는 갑옷 차림의 푸피 인형*을 뚫어지게 바라보았다. 한쪽 다리는 어디로 가고 실타래에 뒤엉킨 채 매달려 있는 인형을 보니, 아이들이 얼마나 못살게 굴며 장난을 쳤는지 알 것 같

---

* **푸피 인형** 시칠리아 중세 기사 꼭두각시 인형.

았다. 갑자기 알 수 없는 분노가 뒤섞인 슬픔 덩어리가 훅 하고 밀라의 가슴을 죄어 왔다. 인형을 고쳐야겠다고 마음먹었다.

아빠가 껴안고 있던 두 팔을 풀어 주었다.

"아빠 좀 도와줄래? 자동차에서 가방을 더 꺼내 와야 하거든."

"네."

밀라는 아빠를 따라 복도를 지나 걸어갔다. 돌계단 꼭대기에 다다르자 인노첸터의 『신데렐라』 삽화가 떠올랐다. 마치 자신이 화려한 무도회장을 가득 메우고 있는 군중들의 호기심 어린 시선을 받으며 계단을 내려가는 신데렐라가 된 기분이 들었다. 일러스트는 계단 중간쯤에 이상하게 생긴 오렌지색 튜브를 그려 넣어 원하면 언제든 붙들 수 있도록 해 두었다. 하지만 신데렐라는 그걸 붙잡지 않았다. 자기라면 당연히 움켜쥐었을 텐데, 라고 밀라는 생각했다.

2장

밀라는 부모님과 함께 아침나절에 로마를 출발했다. 비행기를 타고 오는 내내 하늘은 흰 뭉게구름으로 뒤덮여 있었다.

람페두사 섬은 이탈리아 사람들이 워낙 즐겨 찾는 휴양지라 마음만 먹으면 언제든지 비행기를 탈 수 있다. 그만큼 이탈리아 전역과 섬 구간을 운항하는 비행 횟수가 많았다.

한 시간도 채 되지 않는 짧은 비행시간은 특별히 기분 좋은 일도, 그렇다고 불쾌한 일도 없이 지나갔다. 밀라는 레오나르도다빈치 공항에서 아빠의 권유로 산 일간지 『코리에르 델라 세라』와 자기가 직접 고른 『피플』 잡지를 제대로 읽을 시간조차 없었다. 7월 4일자 신문에는 스페인에서 지하철 탈선으로 40여 명의 사상자가 발생했다는 기사가 실려 있었다. 관련 보도사진들이 실시간으로 계속 방송에 보도되었다.

람페두사 공항의 렌터카 사무실에서 오히려 더 오래 기다려야 했다. 에어컨도 갖추지 않은 허름한 사무실이었다.

밀라는 섬에 도착한 지 얼마 지나지도 않았는데 모든 게 시큰둥해졌다. 렌트를 위해 작성해야 할 서류가 엄청 많았다. 아빠는 카운터 앞에서 바쁘게 서성거렸고, 엄마는 얼굴을 거의 다 가릴 만큼 큼직한 선글라스를 끼고 주홍색 소파에 몸을 깊게 파묻은 채 앉아 있었다. 복잡해 보이는 상황에 긴장이 되었는지 꼼짝도 하지 않고 있었다. 밀라는 엄마 맞은편 의자에 앉아 있었다. 소파 옆에는 조화인 게 너무 드러나는 커다란 화초가 놓여 있었다. 밀라는 헤드폰을 눌러 끼고 레드 핫 칠리 페퍼스(Red Hot Chili Peppers)*가 부르는 블러드 슈거 섹스 매직(Blood Sugar Sex Magik)의 볼륨을 최대로 올렸다. 밀라가 제일 좋아하는 노래였다. 밀라는 물어뜯을 손톱이 남아 있지 않아선지, 밝게 웃으며 포즈를 취하고 있는 가수의 얼굴을 검은 펜으로 새까맣게 덧칠하며 시간을 보냈다. 엄마 아빠를 따라 이 섬에 온 게 과연 잘한 일일까?

밀라는 자동차에서 내리자마자 몇 미터 걸어서 집 앞으로 나 있는 낮은 계단을 딛고 내려갔다. 집은 람페두사 섬의 북동쪽, 사람들의 발길이 잘 닿지 않는 바위 꼭대기에 자리 잡고 있었다. 집 둘레의 선인장 밭에는 가시덤블들이 제멋대로 비집고 뻗어 가고 있었다.

주변에는 오랜 세월 방치해 둔 등대 외에 집이라곤 한 채도 보이지 않았다. 오랑제 곶까지 가는 길 내내 비포장도로를 통과해야 했

---

*레드 핫 칠리 페퍼스 세계적인 록 밴드.

다. 흙먼지는 풀풀 날리고, 타이어가 돌부리에 걸릴 때마다 끼익거리는 불안한 소리가 났다.

밀라는 아빠를 도와 차에 남은 짐들을 거실로 옮겼다. 트렁크 몇 개, 베개 쿠션, 그리고 책과 잡지를 가득 담은 배낭이 전부였다. 집 안에 들어서니 덧문들이 굳게 닫혀 있었다. 밀라는 테라코타* 타일 바닥에 짐을 내려놓고 창가로 다가갔다. 그녀는 어스름한 빛이 마음에 들지 않았다. 끔찍했던 기억을 상기시키기 때문일 것이다. 학교에서 돌아오면 매번 엄마는 어두운 거실의 긴 소파에 누운 채 천장을 물끄러미 바라보고 있었다. 그럴 때마다 밀라는 재빨리 차가운 엄마의 뺨에 입을 맞추고는 블라인드를 바짝 올렸다. 그러면 엄마는 자리에서 벌떡 일어나 어둑한 공간을 찾아 침실로 달아났다. 가끔 도망치기 전에 별 의미 없는 질문들을 던지곤 했는데, 그러면 밀라 역시 성의 없이 대답하곤 했다. 어떤 대답을 하든 귀담아듣지 않을 게 분명했으니.

밀라는 씁쓸한 기억들을 몰아내려고 베이지색 린넨 커튼을 양쪽으로 열어젖히고 창문 손잡이를 잡았다. 뒷마당에 이렇게 넓은 테라스가 있었나? 기억이 잘 나지 않았다. 문득 로마 집에서 부모님이랑 자주 보던 사진들이 떠올랐다. 흥겨운 축제 분위기가 넘치는 여름날, 가족들이 모두 테라스에 모여 식사하는 장면을 찍은 사진들이었다. 테이블 끝에는 할머니가 선 채로 어마어마한 양의 파스타를

---

* 테라코타 점토를 구워 기와처럼 만든 건축용 도기.

휘젓고 있다. 가족을 먹여 살려야 한다는 막중한 임무를 수행하려는
듯. 부모님과 삼촌, 숙모 모두 환하게 웃고 있고 그 와중에도 숙모는
긴 의자에 어린 조카를 누이고 기저귀를 갈아 주고 있다. 정원 뒤편
으로는 아이들이 고무 호수 끝을 서로에게 들이대며 신나게 물놀이
를 하고 있다.

밀라는 덧문을 열고는 잿빛 자갈들이 가지런히 깔려 있는 테라스
로 나갔다. 오랫동안 잊고 지냈던 추억의 장면들이 다시 살아나기를
기대해 보았다. 그런데 정작 밀라를 깜짝 놀라게 한 건, 이제는 사라
지고 없는 가구도, 그녀에게 쏟아지는 뜨거운 햇볕도 아니었다. 그녀
는 햇빛을 가리려고 두 손을 이마에 댄 채 잠시 머뭇거리다 느린 걸
음으로 테라스 끝 쪽으로 걸어갔다.

"아, 세상에!" 밀라의 입에서 무심코 감탄사가 흘러나왔다.

그녀는 낮은 돌담 벽 위로 기어 올라가 깍지 낀 두 손을 머리 위에
올려놓았다. 어떻게 이 장관을 잊고 지낼 수 있었지? 무언가로 머리
를 세게 한 대 얻어맞은 듯 두 눈이 얼얼했다.

만이라기보다는 곶에 더 가깝겠지. 바다 쪽으로 길게 뻗어 나간
큼직한 암석이 눈에 확 들어왔다. 커다란 바위 둘레로는 흰빛이 어
른거리는 엷은 잿빛의 작은 암석들이 춤을 추듯 레이스처럼 달려 있
었다. 섬세한 조각가의 손길이 느껴졌다. 그 옆으로 푸른 물감을 풀
어 놓은 듯 여러 채도의 쪽빛 바닷물이 일렁이고 있었다.

저 멀리 수평선은 태양 아래로 거대한 금속판을 깔아 놓은 듯 은
빛으로 빛났다.

밀라는 한껏 웃음 띤 얼굴로 숨을 깊이 들이마셨다. 기대했던 것 이상의 놀라운 풍경이 그녀를 기다리고 있었다. 갑자기 이 섬이 궁금해졌다. 가 볼 만한 곳이 많을 것 같았다. 숨겨진 보물들을 발견할 수 있지 않을까.

부모님과 함께 지내야 할 4주간의 여름휴가가 그리 끔찍하지 않을 수 있겠다는 생각이 들었다.

아무리 잊으려 해도 그해 겪은 일들이 고스란히 되살아나는 7월의 그날이 다가오고 있었지만.

아미르, 열다섯 살

열한 살 때의 일이다. 그때의 나는 지금의 내가 아니었다. 완전히 달랐다.

6월 어느 수요일이었다. 어린 시절의 기억 속에, 한 주 중 유일하게 쉬는 날인 수요일은 내게 매우 특별한 날이었다. 학교에 가지 않아도 되기에 게으름(물론 상대적인 의미겠지만)을 필 수 있는 날이었고, 한편으로 아빠가 집에서 우리와 함께 지내는 날이라 좋기도 하면서 긴장도 되는 그런 날이었다.

오후 5시. 이제 막 기울기 시작한 해가 뜨거운 황금빛의 긴 혀를 날름거리며 아바샤벨가의 건물들을 핥고 있었다. 나는 땅바닥에 무릎을 꿇고 앉아 작은 테프 껍질을 열심히 까고 있었다. 그러고 나면 엄마가 밀가루를 빻아 인제라*를 만들어 주곤 했다.

주위에는 묵직하고 엄숙하기까지 한 공기가 감돌고 있었다. 아빠

---

*인제라 에티오피아의 주 생산물인 테프 밀가루로 만든 얇고 평평하며 둥근 모양의 빵.

가 어둑한 구석 한쪽, 집 안의 유일한 소파에 앉아 있기 때문이었다. 나는 아빠가 몹시 자랑스러웠지만 동시에 말이나 행동을 잘못해 아빠를 실망시킬까 봐 두렵기도 했다. 그래선지 나는 작은 갈색 알갱이가 절구에서 튕겨 나가지 못하게 하는 일에만 몰두하려고 했다.

열린 창문을 통해 까르르거리며 장난치는 여동생과 아이들의 웃음소리가 들려왔다. 아이들은 자기들이 지어낸 무서운 상상의 동물과 숨바꼭질 놀이를 하고 있었다. 아이들은 붉은 흙먼지가 날리는데도 흔들거리는 작은 화물차 안에서 이리저리 뛰어다녔다.

엄마는 반죽 위에 깨끗한 천을 덮어 놓고는 손을 씻으러 양동이 있는 쪽으로 갔다. 우리에게는 절대 손도 대지 못하게 하는 양동이였다. 이어 엄마는 문턱에 서서 동네 사람들을 물끄러미 바라보았다. 살짝 도드라진 광대뼈에 길고 가는 목선, 그리고 손에 낀 금반지들 때문인지 엄마가 무척 아름다워 보였다.

잠깐의 침묵이 이어졌다. 이내 엄마는 무언가를 결심한 듯 불쑥 뒤돌아서더니 아빠에게 물었다.

"밖에 산책 나가면 어떨까요? 카프리 기숙사에 가서 파나를 깜짝 놀래 주는 건 어때요?"

나는 산 아래 푸른 풀밭에서 뛰노는 염소들처럼 흥분되어 심장이 마구 뛰었다. 아빠가 안 된다고 할까 봐 아빠 얼굴을 똑바로 쳐다볼 수가 없었다. 에리트레아 정부에게서 받는 아빠의 월급이 넉넉지 않다는 건 나도 잘 알고 있었다. 게다가 사람들은 군인들의 감시가 살벌해 웬만하면 집 밖으로 나가는 걸 꺼렸다. 몇 년이 지난 뒤에야 알게 된 사실이지만 이 나라에서 누구도 안심하고 지낸다고 자시할 수 없는 건 개개인의 잘못 차원이 아니었다.

가슴이 두근거렸다. 짧은 침묵이 이어지더니 아빠가 혀 차는 소리를 냈다. 긍정의 사인이었다. 나는 깜짝 놀라 머리를 들고 아빠를 바라보았다. 무척 고마웠다. 엄마와 나를 기쁘게 해 주려고 그랬던 걸까? 아니면 그저 파나 누나를 위해서?

아빠가 덧붙였다.

"그냥 얼굴만 보고 옵시다. 뭘 시키고 그러진 말고. 거기서 쓸 돈은 없으니."

나한테 들으라고 한 말이 아니었는데도 나는 고개를 열심히 끄덕거렸다. 아빠 마음이 변하기 전에 얼른 동생을 부르려고 밖으로 나갔다.

여동생은 집에서 얼마 떨어지지 않은 곳에서 놀고 있었다. 또래 아이와 벽에 등을 기대고 나란히 서 있었는데, 그 아이의 장딴지에는 뽀얗게 먼지가 묻어 있었다. 여러 번 덧칠해 바른 벽의 곳곳에는 얼룩덜룩 칠이 벗겨져 마치 파스텔 톤의 표범을 보는 듯했다. 둘은 괴물 놀이에 막 싫증이 나던 참이었다. 무슨 비밀 얘기를 하는지 얼굴을 맞대고 속닥거리고 있었다.

여동생 팔을 붙들고 내가 말했다.

"빨리 와. 파나 누나 보러 갈 거야."

여동생의 두 눈이 반짝거렸다.

"카프리에 간다고?"

"그렇다니까. 아빠가 그랬다니까."

우리는 하르네트로 쪽으로 똑바로 내려갔다. 맨 앞에 아빠가 걸어
갔고, 엄마는 전통 의상인 하얀 네텔라로 머리를 감싸고 그 뒤를 따
라갔다. 동생과 나는 걸어가는 동안 어떤 즐거운 일들이 벌어질까 상
상하느라 정신이 없었다.

아바샤벨에서 멀어지자 주위 모습이 조금씩 달라졌다. 더 이상 흙
집도, 기와지붕도, 파란 대문도 보이지 않았다. 풀풀 먼지 날리는 노
점상과 바닥에 자리를 편 상인들로 북적거리는 마을 대신 넓고 반듯
하고 깨끗하게 정돈된 대로가 나타났다. 대로 양쪽으로 새로운 미래
지향적 건축물에 가까운 멋진 건물들이 늘어서 있었다. 번듯한 건물
에서 나오는 사람들을 보려고 매번 나는 뒤를 돌아다보았다. 저렇게
화려한 건물에서 일하는 이들은 어떤 사람들일까. 지위가 꽤 높은
사람들이겠지.

오후에는 아스마라 시내 거리가 더 붐볐다. 제이차대전 이전에 이
탈리아 사람들이 살았던 흔적은 아르데코 양식의 시청 건물이나 레
스토랑 메뉴판 외에도 곳곳에서 찾아볼 수 있었다. 여전히 사람들은
이탈리아 자동차를 선호하고, 영화관 이름이나 저녁 산책길 푯말도
이탈리아어로 적혀 있었다. 몇 년 전부터 철저한 주민 감시 체계가
자리를 잡았지만 그렇다고 이것까지 없애진 못했다. 그때의 나는 그
저 철없는 남자아이였을 뿐이었다. 일상에서 벌어지는 작은 변화들
을 전혀 의식하지 못했으니까. 거리에서 군인들을 보면 순간 무섭기

도 했지만 그렇다고 낯설지는 않았다. 내 눈에 비친 그들은 아스마라의 가장 아름다운 가로수 길 양쪽에 자라고 있는 야자수나 대추나무들처럼 늘 그 자리에 있었다.

나는 시내 거리를 산책하는 걸 무척 좋아했다. 물론 이런 호사가 자주 있는 건 아니었다. 온갖 소리와 냄새에 취하고, 모험과 영광의 빛이 배어나는 얼굴들을 바라보느라 어리둥절할 뿐이었다. 엄마는 아무리 일상적인 검문도 얼마든지 잘못될 수 있다며 절대 우리들끼리 밖에 나다니지 못하게 했다. 군인들이 우리를 차에 싣고 갈 수도 있다고 했다. 하지만 그날 저녁은 아빠하고 같이 있었기에 든든했다. 어쨌든 아빠는 독립 전쟁* 때 전쟁터에 나가 용감히 싸운 군인이 아닌가. 그것도 한쪽 팔까지 잃어버린.

성 요셉 성당 앞에서 아빠가 잠시 멈춰 서서 아는 분과 인사를 나눴다. 그 틈을 타서 나는 주위를 두리번거렸다. 여자들은 하얀 면으로 만든 전통 토가*인 개비를 입고 있었다. 다들 옹기종기 모여 얘기를 나누거나 고집불통인 아이들의 팔을 붙들고 있었다. 남자들 중에는 정장 차림도 있었고, 짙은 색 바지에 셔츠만 입은 사람도 있었다.

성당 뜰 주위를 감싸고 있는 큼직한 종려나무 언덕에 베이지색 유니폼을 입은 경찰들이 서 있었다. 가슴이 슬그머니 조여 오기 시작했

*독립 전쟁 제이차대전 이후 유엔에 의해 에리트레아는 에티오피아에 합병되었다. 그 때문에 에리트레아 분리주의자들은 1960년부터 1991년까지 독립을 위해 에티오피아 정부와 군사적으로 충돌했다.
*토가 어깨부터 늘어지게 내려온 로마 전통 의상.

다. 그들은 어깨에 비스듬히 칼라시니코프 기관 소총을 메고 있었는데, 눈을 뗄 수 없을 만큼 무척이나 매혹적이었다. 총이 길게 뻗어서 그런지 다들 실제 키보다 훨씬 커 보였다. 열여덟 살 어른이 되는 내 모습을 상상하는 일은 그리 쉽지 않았다. 사와(Sawa)의 군 훈련소에 입대하는 내 모습이 낯설기만 했다.

엄마가 내 팔을 끌어당기며 작지만 단호한 목소리로 말했다.

"그렇게 쳐다보지 마. 우리 쪽이라도 보면 어쩌려고 그래."

나는 두 뺨이 화끈거려 얼른 고개를 숙였다. 다행히 아빠는 아는 분과 여전히 얘기 중이었다. 아빠한테까지 야단맞지 않을 것 같아 한숨이 놓였다.

우리는 다시 아스마라 거리를 걷기 시작했다.

잠시 후 카프리 기숙사가 있는 마타 스트리트 쪽으로 방향을 틀었다. 날은 완전히 어두워져 있었다. 가로등 불빛이 인도 곳곳에 동그란 무늬를 그리며 희미하게 내려앉아 있었다.

정문 위에 걸려 있는 노란색 간판에 겨우 알아볼 정도의 작은 글씨로 기숙사 이름이 적혀 있었다. 파나 누나 말에 의하면 아스파리노스 사람들 중에 카프리를 모르는 사람이 없을 거라고 했다. 그러니 간판이 그리 중요한 건 아닌 셈이었다. 칙칙한 복도 끝 쪽에 잘 보이지 않는 작은 홀이 있었다. 안으로 들어서니 땋은 머리를 구슬로 장식한 여종업원들이 보였고, 계산대 위에는 파파야, 망고, 번석류들이 당장이라도 무너질 듯 잔뜩 쌓여 있었다.

아빠가 아무 말도 하지 않았는데, 손님들 두 무리가 밖으로 나갔다. 나는 당혹스러워하며 문 앞에 서서 꼼짝하지 않았다.

"자 안으로 들어가자."

바 안에 들어서면서 내 눈에 가장 먼저 들어온 건 파나 누나가 아니라 계산대 위에 잔뜩 쌓여 있는 먹음직스러운 과일들이었다. 초록색과 오렌지 빛깔의 파파야는 제 안의 씨들을 빨리 벗어 던지고 맛있는 주스로 변신하기만을 기다리고 있는 듯했다.

우리 가까이에 베일을 두른 여자아이 두 명이 앉아 있었다. 큼직한 유리잔을 앞에 놓고 얘기하는 모습에 눈길이 쏠렸다. 유리잔엔 카프리 기숙사가 특별히 제공하는 생과일주스가 들어 있었다. 그 외에 과일 퓌레 위에 그대로 형태를 유지하고 있는 바닐라 아이스크림과 '아이스 라테'를 보니 입안에 침이 가득 고였다.

"여기서 뭣들 하고 있어요?"

뒤를 돌아보니 파나 누나가 활짝 웃으며 우리를 반갑게 맞이해 주었다. 누나는 정성스레 딴 머리를 둘둘 말아 올리고는 그 위에 연필을 꽂아 고정시켰다.

나는 아빠가 파나 누나를 바라보는 특별한 눈길을 느낄 수 있었다. 깊은 사랑과 감탄의 눈길이었다. 세 딸 중 아빠가 그런 눈으로 바라보는 건 파나 누나밖에 없었다. 파나 누나는 학교를 졸업한 뒤 사와에서 군 복무까지 마쳤다. 게다가 지금은 돌아와 국가를 위해 일을 하고 있었다.

파나 누나가 정부 추천으로 카프리에서 일하기 시작한 지는 거의

6개월이 지나가고 있었다. 한 달에 150낙파*를 받는데, 그건 기적과도 같은 일이라고 했다. 누나의 가장 친한 친구는 공사판에서 하루 열다섯 시간 땀 흘려 일해야 했다. 다른 친구도 정보 부처 사무실의 화장실 청소 일을 하고 있었다. 하지만 파나 누나는 지금 하는 일을 별로 좋아하지 않았다. 누나는 기관사가 되고 싶어 했다. 매일 아스마라와 마사를 오가는 증기기관차를 운전하고 싶어 했다. 작은 역들을 지날 때마다 멈춰 서고, 가시나무 숲과 선인장으로 가득한 들판을 가로질러, 마침내 세상 끝인 홍해로 나가고 싶어 했다.

파나 누나는 부모님과 포옹한 뒤 나와 여동생에게 다가와 말했다.

"이렇게 커다란 파파야 주스를 어떻게 짜는지 보고 싶지?"

엄마가 그러지 말라고 거절하는 손짓을 해 보였지만 파나 누나는 아랑곳하지 않고 웃으며 속삭였다.

"지금은 지배인이 없으니까 걱정하지 마. 이리로 와 봐. 운 좋으면 맛도 보여 줄 수 있어."

여동생은 좋아서 어쩔 줄 몰라 했다. 입에서 기쁨의 탄성이 터져 나올 뻔한 걸 겨우 참고는 파나 누나를 따라 계산대 쪽으로 끈적거리는 바닥을 딛고 걸어갔다.

그때 그들이 도착했다.

스무 명에서 서른 명쯤 되었나. 실제로는 열 명 내외였을 것이다. 그 이후 내가 겪은 불시 검문들처럼.

---

*150낙파 8,15유로.

그들은 팔에 AK-47 총을 들고 군인들 특유의 거친 발소리를 내며 홀 안으로 들어왔다. 홀 안을 가득 메우던 날카로운 고함 소리가 지금도 머릿속에 울리는 것만 같다. 함성이 낮은 벽에 튕겼다가 끈적거리는 리놀륨 바닥에 달라붙었다. 바 안에 있던 사람들이 일제히 한 사람처럼 자리에서 일어났다. 아무 소리도 들리지 않고, 보이는 것도 없는데 참새 떼가 어디선가 사인을 받고 일제히 한 방향으로 날아오르는 것만 같았다.

여동생들과 나는 홀 반대편, 애국 가수를 기리는 포스터 아래에 서 있는 부모님 곁으로 바싹 다가갔다. 다리가 너무 떨려 제대로 서 있을 수 없을 정도였다.

엄마는 가방에서 마법의 '열려라 참깨' 통행증 네 개를 허둥지둥 찾아냈다. 에리트레아에서는 이 통행증 없이는 아무 데도 갈 수 없었다.

아빠의 얼굴이 잿빛으로 일그러졌다. 뾰족한 송곳이 내 배를 콕콕 찌르는 것 같았다. 에티오피아 군과 맞서 용감하게 싸운 아빠가, 바위산 전투에서 한쪽 팔까지 잃어버린 아빠가, 그런 아빠가 일개 군인의 불시 검문에 저렇게 겁먹은 얼굴을 할 수 있단 말인가?

우리는 한 줄로 길게 서서 출구 쪽으로 걸어갔다. 좀 전 두 여자아이의 탁자 위에는 주스가 바닐라 아이스크림 위로 엎어져 있었다.

나는 얼마 지나지 않아 불시 검문이 카프리 기숙사에서만 벌어진 게 아니라는 걸 깨달았다. 군용 트럭들이 50미터 거리를 두고 막아서고는 철저하게 통행증을 검사했다. 우리 가족 역시 카프리에서 일하는 직원과 손님들과 함께 이미 길게 줄지어 있는 사람들 뒤로 가서 서야 했다. 다들 손에 노란색과 흰색의 통행증을 쥐고 있었다. 엄마는 내 통행증을 거칠게 내 손에 움켜쥐게 했다.

군인들이 천천히 서류를 훑었다.

성, 이름, 발행처, 통행 가능 구역.

그러다 가끔씩 과일 더미에서 썩은 과일을 골라내듯 줄에서 여자와 남자를 잡아 끌어내 가까이 주차해 둔 호송차에 밀쳐 넣었다.

한 병사가 자동소총으로 베일을 쓴 여자의 엉덩이를 치면서 자리에서 일어나라고 윽박질렀다.

그때 콧수염이 난 군인이 아빠에게 다가와 통행증을 보여 달라고 했다. 통행증을 내미는 아빠의 흰색 셔츠에 땀이 흥건히 배어 있는 모습을 보지 않으려야 보지 않을 수가 없었다. 그때 내 눈에 처음으로 아빠의 모습이 늙고, 한없이 나약해 보였다. 허약한 불구자의 모습이었다.

조국을 위해 목숨을 걸고 싸운 용사인 아빠가 이제는 일반 사람들처럼 통행증을 검문받아야 하는 평범한 남자가 되어 있었다.

병사가 여동생 앞에 우뚝 섰다. 동생은 자기 발끝만 쳐다보고 있었다. 군인이 빨리 통행증을 내놓으라고 다그치자 동생은 그 자리에서 울음을 터트렸다. 엄마가 당황한 얼굴로 연신 굽실거리며 서둘러 동생의 통행증을 내보였다.

다음은 내 차례였다.

내 주위의 모든 사물들이 지워졌다. 거리며, 거리 끝에 있던 현대

식 건물의 흙이 떨어져 나간 모습도 사라지고 하나도 보이지 않았다. 희미한 가로등 불빛도, 타일이 깔린 인도도, 용사들을 칭송하던 포스터도 아빠의 후광도 모두 내 시야에서 사라졌다.

내 통행증을 받아 들고 있는 군인의 손바닥밖에 보이는 게 없었다. 내가 썩은 과일이면 어쩌지. 병사가 도대체 뭘 살피는지 알 수가 없었다.

집으로 돌아오는 길 내내 우리는 아무 말도 하지 않았다. 아빠의 셔츠에 배어 있던 땀자국만이 아빠가 두려움에 떨었다는 사실을 큰 소리로 외치고 있었다.

처음으로 불시 검문을 받았던 그때, 나는 열한 살이었다.

열한 살. 처음으로 내 자신에게 물었다. 국경 너머 다른 나라의 삶은 어떨까? 이곳과 마찬가지일까?

3장

밀라는 낡아서 금방이라도 부서질 것 같은 수도꼭지를 비틀었다. 잠깐 괄괄거리는 소리가 나더니 찬물이 왈칵 쏟아졌다. 밀라는 물이 따뜻해질 때까지 기다렸다. 세면대 옆에 있는 긴 거울에 얼굴을 비쳐 보았다. 쪽 찐 듯 머리를 틀어 올렸는데, 이마 주위의 머리카락이 땀에 흠뻑 젖어 있었다. 윗입술에도 구슬 같은 땀방울이 맺혀 있었고, 콧등 언저리엔 햇볕에 그을려 거뭇한 얼룩이 배어 있었다. 그 모습이 하도 우스꽝스러워 피식 웃음이 삐져나왔다. 땀과 더러운 먼지에 찌든 옷들을 벗고는 발로 멀리 차 버렸다.

밀라는 조심조심 욕조에 들어갔다. 두 눈을 감은 채 서서히 따뜻한 물속으로 미끄러져 들어갔다. 잠깐이라도 엄마 아빠와 완전히 차단되었다는 확신이 들자 편안하게 몸을 뻗을 수 있었다.

아빠는 자동차에서 내리자마자 거센 소용돌이를 일으키며 정신없이 자신을 몰아세웠다. 물론 아빠가 원해서 그런 거였지만. 가방을 풀어 헤치고, 창문도 몽땅 열어젖히고, 전기 제품들은 문제가 없는지, 수돗물은 새지 않는지 점검하고, 가구들 상태도 일일이 살폈다.

마뉘엘이 죽은 뒤, 늘 반복되는 일상이었다. 어디를 가든 아빠는 시간을 때울 거리를 찾아다녔다. 어떤 때는 그 모습이 너무 처절해 보여 웃음이 나곤 했다. 집 안에서 뭔가에 홀린 듯 서성거리는 아빠를 보지 않으려면 어떻게든 수를 찾아내야 했다. 자전거로 섬을 돌아보기로 했다. 부모님에게서 벗어날 수 있는 더없이 좋은 핑계였다.

"자전거?" 로마에서 여행 준비가 거의 끝나 갈 무렵, 내 제안에 아빠가 되물었다.

"자전거가 있긴 한데. 네 엄마하고 수입상인 마리오한테서 샀던 기억이 나거든. 비앙쉬라고, 거금을 줘도 살 수 없는 귀한 자전거라고 했는데. 루시아, 당신도 기억나지? 뭐든지 주문만 하면 척척 구해 주던 왜 그 친구 있잖아. 좁은 사무실 벽에 온통 페라리 달력을 도배해 놓았던 그 사람."

엄마는 재미있다는 듯 눈썹을 살짝 치켜떴다. 아빠가 다시 말을 이었다.

"그런데 지금은 어떤 상태인지 전혀 모르지. 탈 수 있을는지도 모르겠다. 어디에 뒀는지도 모르고."

밀라는 나무 궤짝, 종이 박스, 플라스틱 장난감은 물론 온갖 녹슨 장비들로 가득 찬 차고를 열심히 뒤져 보았지만 헛수고였다. 그러다 집에서 조금 떨어진 헛간에서 찾아냈다.

지나 롬바르디 아주머니가 여기까지 돌아보진 못한 것 같았다. 밀라는 한쪽 어깨로 힘껏 밀어 문을 열었다. 경첩이 워낙 낡아서 쉽게 열렸다.

자전거들이 구석 벽에 기댄 채 층층이 쌓여 있었다. 큼직한 나무 벤치 네 개와 금이 간 화분들 틈에 뒤엉켜 있었다. 상태가 워낙 형편 없었지만 예전에 사진에서 본 예쁜 자전거들이라는 걸 바로 알 수 있었다. 먼지투성이에 거미줄까지 엉켜 있어서 선뜻 손을 댈 수가 없었다. 시뻘건 녹물이 티셔츠와 바지에까지 묻어났다. 혹시 들쥐나 뱀, 온갖 벌레들의 은신처를 휘저어 놓는 건 아닌지 조마조마했지만 용기를 내어 화분을 들어 다른 쪽으로 옮겼다.

긴 나무 벤치는 혼자 힘으로 움직일 수 없었다. 결국 아빠에게 도움을 청했다.

꺼내 놓고 보니 자전거 상태가 더 형편없었다. 굳이 전문가가 아니라도 제대로 굴러가지 않을 거라는 것쯤은 알 수 있었다. 군데군데 뻘건 녹물이 묻어 있고, 안장은 쥐들이 몽땅 쏠아 놓았고, 바퀴는 날개라도 단 듯 너덜거렸다. 수리하는 것조차 불가능해 보였다.

밀라는 너무 절망스러워 눈물이 쏟아질 것 같았다. 자전거 없이 이 넓은 섬을 어떻게 돌아보지. 휴가 기간 내내 부모님과 이 집에 갇혀 지낼 수는 없는데. 좀 전만 해도 이곳에 온 게 매우 기뻤는데, 순식간에 불안감이 엄습했다. 미친 듯이 집안일에만 몰두하는 아빠, 그리고 여전히 방황하는 엄마 사이에 갇혀 있을 수는 없었다. 3년 전 기숙사로 들어가기로 결정한 것도 그 때문이었는데. 숨 막히는 아파트와 로마에서 멀리 떨어져 지내야 했으니.

"여기 좀 와 봐." 아빠가 밀라의 어깨에 손을 얹으며 말했다.

"자전거는 다른 데서 찾아보기로 하고 이 의자들 먼저 살려 보자."

네 개 중 세 개는 깨끗하게 닦아 낼 수 있었다.

테라스에 의자 하나가 빈 모습은 보지 않았으면 좋았을 장면이었다.

4장

밀라는 엄마보다 아빠와 더 가깝게 지냈다. 밀라가 아빠를 더 좋아했던 건 숨길 수 없는 사실이었다. 드러내 놓고 얘기하는 게 왠지 쑥스러운 일이었지만.

무엇보다 밀라는 어릴 때 아빠의 유리 작업장에서 지내는 시간이 무척 행복하고 좋았다. 몇 시간이고 조금도 지루하지 않았다. 작업장은 발음도 잘 안 되는 이상한 이름의 장비들로 가득했다. 아빠는 한마디로 마법사였다. 지옥에서 뛰쳐나온 짐승의 입에 칼을 내리꽂듯 블로 파이프(blow pipe)를 가마 깊숙이 찔러 넣는다. 그러면 밀라는 아빠가 특별히 자기를 위해 가마에서 떨어진 곳에 마련해 준 자그마한 둥근 의자에 앉아 똑같은 동작을 되풀이하는 아빠를 바라보며 차츰차츰 빨려 들어간다.

얼핏 보면 정해진 순서 없이 맘대로 작업하는 것 같다. 아무 때나 숨을 불어 가며 우연에 의지해 작업하는 것처럼 보인다. 하지만 아빠가 얘기해 주기 한참 전에 밀라는 알고 있었다. 이와 같은 놀라운 마법에는 결코 '적당히'라는 게 없다는 사실을.

먼저 가마를 열고 그 안에 긴 파이프를 넣어 작은 공 모양의 불덩이를 만든다. 이어 대리석 위에 아직 부드러운 상태인 불덩이를 잘 보듬고 있다가 다시 한 번 불가마 속에 파이프를 밀어 넣는다. 이번에는 재빨리 꺼내 코발트색, 황금색 그리고 쇳빛의 알록달록한 모래알 속에 굴린다. 긴 파이프를 입에 대고 숨을 불어 넣는다. 불덩이가 점점 부풀어 팽팽해질 때까지 바람을 살살 불어 넣는다. 그러고는 다시 가마에 넣는다. 불덩이가 점점 변해 가는 모습을 관찰하다 연장 하나를 선택한다. 단단히 졸라매고, 구멍을 뚫고, 여러 형태를 만들어 내고, 찌른다.

똑같은 과정을 여러 차례 되풀이한다. 아주 조금씩 변화를 주면서 구부린다.

드디어 신비로운 창조물이 모습을 드러낸다. 무에서 비롯된 유리 창조물은 밀라를 행복한 꿈속으로 인도한다.

가늘고 알록달록한 섬유들로 이루어진 신비로운 해파리들이 투명한 방울 속을 떠다닌다. 삶과 죽음이 동시에 존재하는 투명한 방울 속을 유영한다.

매일 저녁 아빠가 불을 끄고 방문을 닫아 줄 때면 밀라는 어둠 속에서 미소를 짓는다. 아빠는 불을 길들이는 마법사였다. 오직 밀라만이 이 사실을 알고 있었다.

이제 열일곱 살이 된 밀라에게 신비로운 마법의 세계는 사라졌지만 아빠를 향한 존경과 감탄의 마음은 그대로였다.

마뉘엘이 죽은 뒤, 집안일은 모두 아빠가 맡아 하기 시작했다. 전에는 엄마가 집안일을 돌보았고, 아빠는 유리 작업에만 몰두했다.

하지만 그 사건 이후 아빠는 완전히 달라졌다. 밀라가 열한 살 때의 일이었다. 밀라의 기억 속에 남동생의 얼굴은 완전히 지워졌지만 다른 기억들, 특히 집에서 일어난 일들은 생생하게 남아 있었다.

아빠는 가족을 돌봐야 했기에 점차 유리 작업에 소홀해질 수밖에 없었다. 허약해진 엄마를 위해서였다는 걸 밀라는 나중에 커서야 깨달았다. 아빠야 문제를 정면에서 돌파해 나갈 수 있는 사람이었지만 엄마는 그렇지 못했다. 엄마는 어쩌지 못하고 잠에 빠져드는 어린아이처럼 삶의 중심을 잃어 갔다.

그러다 결국 비상약 수납장을 열었다.

아빠는 집을 팔았다. 풍성한 식탁으로 예쁘게 꾸민 생일 파티, 왁자지껄한 크리스마스이브 등 우리 가족이 오랫동안 아름다운 추억의 시간을 보낸 다락방이 딸린 집이었다. 새집을 구하는 일부터 이삿짐 옮기는 일까지 모두 아빠가 도맡아 했다. 잘 훈련된 병사처럼 척척 해냈다. 엄마가 병원에 입원했을 때는 물론, 퇴원한 뒤에도 늘 엄마 곁에 머물며 보살폈다. 하루 종일 약은 잘 먹는지, 식사는 충분히 했는지, 치료는 잘 받으러 다니는지 하나부터 열까지 모두 챙겼다. 외출할 일들을 꼼꼼히 체크했고, 주말과 휴가 계획까지 빠짐없이 챙겼다.

아빠가 작업장에서 돌아올 때면 밀라는 늘 가면무도회에 가는 아빠의 얼굴을 마주해야 했다. 이따금씩 과장된 미소를 짓거나 애써 아무렇지도 않은 듯 행동했다. 마치 그들의 세상이 예전처럼 변함없이 돌아가고 있는 것처럼.

그리고 6년이 지난 지금까지도 밀라는 어떻게 아빠가 그 모든 걸 극복하고 견뎌 냈는지 놀라울 뿐이다. 얼마나 고통스러웠을까. 안으로 모든 걸 삼키고 도망친 자신과 달리 아빠는 두 차례나 전복된 배의 선장처럼 두 발을 현실에 딛고 우뚝 서 있었다. 그래선지 밀라의 눈에 비친 아빠의 모습은 모든 문제를 해결해 주는 묘약을 지닌 마법사였다.

다행히 2년 전부터 엄마 상태가 많이 좋아졌다. 더 이상 흰 알약을 찾지 않았고, 정신과 의사와의 상담도 점점 뜸해지더니 이제는 그 사고가 있었던 7월 전후에만 찾아갔다. 이따금씩 일을 할 때도 있었다. 옷을 챙겨 입고, 자신을 돌보기 시작했다. 가볍게 화장도 하고, 꽃무늬 치마를 입거나 손목에 찰랑거리는 소리가 나는 가느다란 팔찌를 차기도 했다. 밀라가 기숙사에서 돌아오면 예전과 달리 여러 가지를 묻기도 했다. 아빠 역시 밀라와 좀 더 많은 시간을 보냈다. 작업 얘기도 들려주고, 음악 얘기도 했다. 둘이서 빌라 보르게세 정원을 산책하는 날도 있었다. 아름다운 분수, 튤립 정원, 고풍스러운 조각들, 그리고 흔들거리며 천천히 앞으로 나아가는 꽃마차가 있는 공원을 함께 거닐었다.

그러면서 밀라는 세상을 향해 퍼붓던 분노를 조금씩 누그러트릴 수 있었다. 분노의 감정이 점차 후회와 깊은 슬픔으로 변해 갔다. 남동생이 죽었기 때문이 아니었다. 이런 말이 잔인하게 들릴지 몰라도 밀라는 남동생이 보고 싶은 게 아니었다. 그 아이를 충분히 알고 친해지기에는 너무 짧은 시간이었는지도 모르겠다. 몇 달밖에 살지 못했으니까. 동생의 죽음 이후에 일어난 일들 때문에 더 고통스러웠다. 아니, 그 이후 더 이상 계속되지 않은 일상 때문에 고통스러웠다. 엄마 아빠와 함께 떠나는 바캉스, 브라치아노 호수에서 즐기던 나들이, 부엌에서 나던 케이크 굽는 냄새들……. "여보, 오늘은 뭘 만들고 있어? 럼 바바? 아마레티인가?"

밀라는 가족이 잃어버린 것을 되찾을 수만 있다면 자신의 모든 걸 다 내줄 수도 있다고 생각했다. 하지만 그럴 수 없으니, 기억과 상상의 세계 속에 숨어들 수밖에.

마뉘엘이 살아 있었으면 아마 검은 머리칼의 소년이었을 게다. 동생에게 로큰롤 음악을 자주 들려줘서 사람을 나약하게 만드는 노래에 빠져들지 않도록 그를 보호해 주었을 것이다. 어쩌면 동생이 보는 앞에서 방문을 쾅 하고 닫아 버렸을지도 모른다. 꼬마 악마 같은 골칫덩이 녀석을 언제까지 참아 줘야 하느냐며 투덜거렸을지도.

한 가지만은 분명했다. 동생에게 어떻게든 그 일이 일어나지 않도록 온 힘을 다 기울였을 것이다.

그랬다면 밀라는 자신이 좀 더 밝게 웃는 소녀의 모습을 간직했을 거라는 걸 잘 알고 있었다. 람페두사 섬에서 보내던 어릴 적 그 여름날들처럼.

5장

올해도 아빠 혼자 7월 휴가 계획을 모두 세웠다. 해마다 7월이 되면, 밀라네는 로마를 벗어나 다른 곳에서 여름을 보냈다. 주로 남쪽의 칼라브리아 주나 시칠리아로 갔는데, 여유가 있을 때면 프랑스나 스페인에서 지내기도 했다. 목적지가 중요한 건 아니었다. 그저 거리를 가득 메우는 관광객들, 복닥거리는 대가족들, 아이들 울음소리, 유모차로 붐비는 비좁은 로마 골목길을 벗어나 낯선 바람을 쐬어 보는 게 목적이라면 목적이었으니.

하긴 가족 중에 밀라만 '휴가'라는 말을 사용했다.

올 여름휴가는 람페두사 섬의 오랑제 곳에서 보내자고 제안한 것도 아빠였다. 그곳에는 아빠가 어릴 때 살던 집이 있었다. 그 '사건'이 일어나기 전만 해도 대부분의 여름휴가는 그곳에서 보냈다. 하지만 그 일 이후 더는 섬에 가지 않았다. 섬이 크지 않아 온갖 쑥덕거림이 쏟아질 게 분명했다. 엄마와 아빠는 둘 다 이웃의 동정 어린 눈길이

나 슬픔에 찬 위로의 말들을 감당할 여력이 없었다. 마뉘엘이 세례를 받은 성당도 그곳에 있었다. 부활절 미사 때 가족들의 축복을 받으며 유아세례를 받았다. 아이들은 모두 람페두사에서 세례를 받았다. 이것은 전통이라기보다 의무에 가까웠다. 할머니는 손자 손녀가 태어나면 하루라도 늦추지 말고 유아세례를 받도록 했다. 세례를 받기 전에 불행이 닥치면 아이들이 천국에 못 가고 영원히 귀천에서 떠돌 수 있다며 두려워했다. 할머니는 이 문제만큼은 한 치의 양보 없이 고집을 부리고 압력을 행사했다.

할머니는 이제 이 세상에 없다. 아빠와 아빠의 형제들은 추억이 깃든 이 집을 팔지 않았다. 가족들이 원할 때면 언제든 머물 수 있게 했다. 휴식이 필요한 가족들에게 따뜻한 쉼터가 되어 주었다. 주말이나 여름휴가 때면 이 집은 아이들의 웃음소리로 가득했다.

지나 롬바르디 아주머니가 이 집을 돌봐 주었다. 세월이 지나면서 집이 망가지지 않는지, 변덕스러운 날씨에 큰 피해는 없는지, 와서 종종 살폈다. 할머니 친구의 딸인 지나 아주머니는 어렸을 때 아빠하고 같은 학교에 다녔다고 했다.

아빠가 이번 여름은 람페두사 섬으로 휴가를 가자고 했을 때 밀라는 깜짝 놀랐다. 사고 후 처음이었다. 마뉘엘이 죽고 난 뒤 부모님의 머릿속에는 행복했던 모든 기억들, 특히 람페두사에서 보낸 여름의 기억들은 더 이상 존재하지 않는 것처럼 보였다.

밀라는 걱정이 앞섰다. 좁은 기숙사 방에서 여러 번 스스로에게 되물어 보았다. 그곳에 가는 게 잘하는 일일까? 아빠에게 전화를 걸어 불안한 마음을 그대로 전했다.

"엄마 때문에…… 엄마가 그 바닷가에서 잘 지낼 수 있을지 걱정이 돼요. 또다시 우울증에 빠질까 봐. 덧문을 걸어 잠그고 어두운 방에 갇혀 지내려고 할지도 몰라요. 게다가 마뉘엘이 세례 받았던 성당도 있고…… 사람들이…… 아빠도 그랬잖아요. 그곳 사람들은 말이 너무 많다고…… 차라리 영국에 가면 어때요? 영국도 좋잖아요. 빅벤도 있고, 영국 근위병들도 있고, 구경할 게 많이 있잖아요. 기분 전환하는 데 그게 더 도움이 될 것 같아요."

밀라는 귀를 수화기에 바싹 댔다. 아빠의 목소리에 귀를 기울였다. 밀라는 아빠를 잘 알고 있었다. 아빠 역시 똑같은 걱정을 하고 있을 거라는 걸.

아빠가 대답했다.

"그러니까…… 바닷가에서 시간을 보내려고 가자는 건 아니야. 지나 아주머니하고 통화를 했는데, 누군가 와서 집이 숨을 쉬게 해 줘야겠다고 하더라. 할머니가 돌아가시고 난 뒤 좀이 쏜 가구들 몇 개 정리한 것 외에 별로 한 일이 없으니. 게다가 프란체스코 삼촌도 올해는 가 보지 못했다고 해서. 잘 살피지 못했다고 했거든."

"그래요?" 다음에 무슨 말이 이어질지 충분히 짐작하면서 밀라가 대답했다.

"하긴 우리 힘으로 집을 크게 수리할 수 없다는 거 잘 알아. 그저 거실에 페인트칠 새로 하고, 커튼도 깨끗하게 빨아 달고, 오렌지 나뭇가지 잘라 주고, 아마릴리스 다시 심고…… 그런 일들이나 할 수 있겠지."

순간적으로 밀라의 머리에 하나의 장면이 스쳐 지나갔다. 자기는 사다리 꼭대기에 앉아 있었고, 엄마가 옆에 있었는데, 둘 다 멜빵바지 작업복에 체크무늬 숄을 걸치고 있었다. 우스꽝스러운 차림이 아닐 수 없었다. 생각만 해도 끔찍했다.

"네가 원치 않으면 집안일은 엄마랑 아빠가 알아서 할게." 아빠가 말했다.

밀라는 한 손으로 전화 수화기를 붙든 채 오른쪽 엄지손톱을 깨물고 있었다. 아빠가 자기 머릿속을 훤히 들여다보고 있는 것만 같았다.

부모님에게서 벗어나 자유롭게 돌아다닐 수만 있다면 람페두사 섬에 가는 것도 나쁠 게 없다는 생각이 들었다. 오히려 잘된 일일지도. 갑자기 가슴이 탁 트이는 것 같았다. 하루라도 빨리 그곳에 가고 싶어졌다. 람페두사는 행복했던 어린 시절의 기억들이, 따뜻하고 유쾌하며 평온한 기억들이 고스란히 남아 있는 곳이었다. 밀랍과 건초 내음, 농익은 복숭아, 부드럽게 속삭이는 파도 소리, 할머니의 흥얼거리는 노랫소리, 엄마의 맑은 웃음소리, 살갗에 부드럽게 와 닿는 바닷물의 감촉. 밀라는 사촌들과 어울려 집에서 몇백 미터 떨어진 바닷가까지 가서 대부분의 시간을 보냈다. 바다 안쪽으로 깊숙이 들어간 곳에 작고 평평한 석회암 바위가 있었는데, 그들만을 위해 특별히 마련된 아지트 같은 그곳에서 신나게 놀았다. 그들은 미친 듯이 출렁이는 바닷물 속으로 뛰어들면서 바위들을 위해 하나하나 이름을 지어 주었다. 페라리, 용의 방귀, 피사탑, 신부님······.

그 시절의 밀라는 무릎이 푸른 멍투성이에 머리는 두 갈래로 길게 땋고 다니던 꼬마 소녀였다. 하지만 이제 열일곱 살의 다 큰 숙녀가 된 그녀가 예전처럼 하루 종일 풍토 도마뱀이나 잡으러 다니지는 않겠지만 섬을 돌아보며 옛날 기억들을 더듬어 보는 것도 좋을 것 같았다.

그래, 아름다웠던 그 시절을 다시 불러내 보는 것도 좋겠지.

아빠가 물었다.

"람페두사 섬을 또 다른 말로 뭐라고 부르는지 알아? 아빠가 얘기해 줬었나?"

"아니요. 뭐라고 하는데요?"

"구원의 섬이란다. 수천 년 전으로 거슬러 올라가지."

"처음 들어요."

"아빠 말을 믿어 보렴. 우리 셋이 그곳에 가면 정말 좋을 거야."

사피야, 열아홉 살

나는 언제나 공부하는 걸 좋아했다.

나로서는 공부하는 게 가장 쉬운 일이었다. 내가 만일 이곳이 아닌 다른 곳에서 태어났다면 분명 밝은 미래를 보장받았을 텐데.

어렸을 때 지중해 동남풍에 실려 내 발밑에 던져진 신문 조각에서 나는 아스마라 대학 사진을 보았다. 정오의 뜨거운 태양 때문인지 머리가 멍한 상태로 더러운 종잇장을 집어 든 순간, 시원한 바닷물에 뛰어들 듯 거기 적힌 글들에 빠져들었다.

그날, 나는 평소보다 머리를 꼿꼿하게 세운 채 집으로 달려왔다. 난파선처럼 내 손안에 들어온 종잇조각에서 하나의 신호를 감지했다. 엄마가 죽었을 때 이미 나는 내가 갖고 있던 것들을 몽땅 빼앗겼다. 고아인 내가 세상에 복수할 수 있는 방법을 찢어진 신문지 모퉁이에서 읽어 낸 것이다. 대학에 가리라. 에리트레아에서 아주 중요한 인물이 되고야 말리라. 성공하리라, 반드시 성공해서 엄마를 자랑스럽게 해 드려야지, 그렇게 엄마의 원한을 갚아 드려야지.

조심스레 물을 묻혀 가며 종이에 달라붙은 흙먼지를 털어 냈다. 그러고는 삼촌네 히드모* 벽 뒤에 있는 깨끗한 돌 위에 널어 말린 다음 잘 접어 매트리스 밑에 간직했다. 그러다 이따금씩 꺼내 내 꿈이 현실로 되려면 몇 년이 남았는지 헤아려 보곤 했다. 반드시 고향을 떠나 아스마라에 가야지. 메이 벨라 길을 거닐고, 두 팔에 책들을 잔뜩 끌어안고 대학 건물의 계단을 오르내릴 것이다. 참, 보란 듯이 대학 유니폼도 입어야지. 땅바닥에 수천 번도 넘게 그렸다 지웠던, 노란색과 푸른색의 대학 엠블럼이 돋보이는 그 유명한 유니폼 말이다. 좋은 직업과 안정된 월급을 꿈꾸며 열심히 공부했다. 언젠가 도시에 갔을 때 본 적이 있는, 부겐빌레아들이 나란히 피어 있는 이탈리아 스타일의 집에 살아야지.

그러다 힘이 들 때면 내가 위아 감옥의 총사령관이 된 걸 상상한다. 장밋빛 이슬이 내리는 새벽녘, 교도관들을 모두 한자리에 부른다. 밖이 내다보이지 않는 어둑한 방에 일렬로 세워놓고 미소를 지어가며 그들을 관찰한다. 오랫동안 아무 말없이 응시한다. 앞으로 벌어질 일들을 예견하면서.

그러다 지루해지면 첫 번째 교도관에게 다가간다. 그의 귀에 대고 옆 사람 배를 칼로 찌르라고 명령한다.

그들이 결코 내 명령을 거역할 수 없고, 빠져나갈 수 없다는 사실을 깨달았을 때 나는 놀라움과 불신 그리고 공포의 냄새를 맡겠지.

---

*히드모 에리트레아의 전통적인 돌집.

나는 안도의 한숨을 내쉬며 그들이 하나씩 죽어 가는 모습을 바라본다. 사냥감을 먹어 치운 후 배부른 짐승처럼. 그들 중에 나의 엄마를 죽인 자가 있다는 걸 나는 알고 있다.

분노가 사그라지면 어느새 나는 영어 교수로 돌아와 있다. 기억력이 좋아선지 나는 언어를 무척 쉽고 빠르게 배우는 편이다. 영어 외에도 티그리냐 말*과 아랍어도 할 줄 안다. 암하라*는 물론이고. 엄마가 에티오피아 출신이라는 걸 드러내는 건 절대 입 밖에 내지 않겠지만. 엄마가 죽은 것도 바로 그 때문이었으니.

그렇게 시간이 흘러갔다. 하루가 가고, 한 주가 가고, 한 달이 흘러갔다. 드디어 나는 열여덟 살이 되었다. 그런데 그때부터 도저히 넘을 수 없는 벽에 가로막히고 말았다. 내 몸은 자랐지만 그만큼 내 꿈은 작아졌다.

사와에서 받는 군사훈련을 거치지 않고는 그 어디도 갈 수 없다는 걸 깨달은 것이다. 대학에 입학하려면 사와에서 군사훈련을 받아야 했다. 정부가 12년 과정 군사훈련을 의무교육에 포함시킨 이후 사와의 군사훈련은 모든 것의 전제 조건이 되었다. 통행증도 군 복무를 완수한 이들에게만 발급되었다. 군 복무를 거부하면 죄인이 되었다. 언제 붙잡힐지 몰라 두려워하며 평생을 숨어 지내야 했다.

사와에서 돌아온 이들이 쉰 목소리로 중얼거리는 말들이 못된 바

* **티그리냐 말** 아랍어, 영어와 함께 에리트레아의 공식 언어.
* **암하라** 에티오피아의 언어.

람처럼 집 주위를 배회했다. 그렇게 사람들의 머릿속에 자연스럽게 배어들면서 그곳에서 겪은 기억들과 함께 불안감을 조장했다.

사람들이 내게 말했다. 사와에서는 수학, 지리학, 언어 혹은 과학 같은 공부 따위는 필요도 없다고. 군 훈련소인 사와를 통해 국가는 전 국민을 상대로 유순한 이들과 낙오자들을 세뇌시키고, 자기주장이 강하거나 정부 체제에 반항할 자들은 색출해 냈다.

나는 그곳에서 고개를 숙이고, 유순해지는 법을 배우겠지. 아무 말없이 독재를 받아들이고, '오토'와 '예수'*를 두려워하고, 똑바로 걷지 못한다고 뜨거운 태양에 하루 종일 달궈진 양철 컨테이너에 갇힐까 봐 두려워하겠지. 나는 그곳에서 끔찍한 더위와 군인들의 고함 속에서 무기 다루는 법을 익히겠지, 그렇게 고된 훈련을 받으며 국가 당국을 안심시킬 테고.

그러다 어느 날 그곳을 도망쳐 나오지 않을까. 하지만 밖으로 나와도 모든 것은 잿빛투성이일 것이다. 나의 모든 계획과 꿈, 그리고 희망을 잃어버리게 될 것이다. 삶이 무엇인지조차 모두 잊어버리게 될 것이다.

나는 이미 열여섯 살에 사회적으로 성공하리라는 내 꿈이 모두 허망한 것이라는 걸 깨달았다. 그럼에도 분노와 불복종의 의지는 조금도 변하지 않고 그대로 남아 있었다. 정부가 내게 강요하는 죄수복을 결코 입지 않으리라 결심했다.

---

* '오토'와 '예수' 고문하는 방법을 가리킨다.

무엇보다 어떻게든 사와에 가는 건 피하기로 했다. 결단코 그곳에서 두 손을 등 뒤로 결박당한 채 찜통더위 속에서 온갖 벌레와 곤충들에게 갉아 먹히지는 않으리라. 갈색 꿀로 얼굴이 뒤범벅될 때까지 기다리지 않으리라.

결국 나는 대학 진학을 포기했다. 나 이전에 많은 사람들이 그랬듯이. 내 스스로 자유롭게 직업을 선택할 수 없고 정부가 나를 대신해 결정해 줄 텐데 공부가 무슨 소용이 있단 말인가. 공부를 잘해 성적이 좋으면 정당 사무실에 들어갈 수 있을지도 모른다. 운이 좋으면 대통령 집무실의 비서로 일하게 될지도. 반면 성적이 나쁘면 허드렛일이나 사람들이 꺼리는 일들을 맡게 되겠지. 공사판이나 부두에서 일하거나 청소 일을 할 수도 있겠지. 물론 군용 선박에서겠지만. 어떤 일이든 마흔일곱 살까지 나를 위해서가 아니라 죽어라 국가를 위해 일해야 한다. 그러고 나면 군대 동원에서 풀려날 수 있을까. 하지만 그때는 이미 내가 원하는 삶을 새로 시작하기엔 너무 늙고 이미 지쳐 있을 게 분명하다.

사람들은 "아웨트 나파치*!"라고 종종 외치지만 우리에겐 빵도, 일자리도, 자유도 없다. 그런데 도대체 승리가 어디에 있단 말인가? 삶은 도대체 어디에 있는가?

처음부터 도망칠 생각을 한 건 아니었다.

---

*아웨트 나파치 Awet n'hafach! 티그리냐 말로 '대중에게 승리를!'이란 뜻.

지금 되돌아보면, 정말로 도망칠 생각이 없었던 건지, 아니면 참을 수 없는 분노에도 불구하고 도망치는 건 절망한 이들이 행하는 마지막 결단이라고 생각해서인지 확실치 않다. 허가받은 통행 구역을 벗어나 다른 곳으로 이동한다는 것도 불가능한데, 아예 나라 밖으로 달아난다는 건……. 당국이 발급하는 '통행 비자' 없이는 한 발짝도 벗어날 수 없다. 다른 나라로 달아나려면 불법 이민자가 되어 뼈만 남은 시체들이 사방에 널려 있는 사하라사막을 통과해야 한다. 죽음의 그림자가 언제나 기웃거릴 테고, 참을 수 없는 공포에 떨어야 한다. 에리트레아 국경선 너머의 금지 구역부터 수단, 리비아, 그리고 지중해까지 가는 동안 기다림, 두려움, 배고픔, 추위를 견뎌야 한다. 장기 밀매 조직망을 먹여 살리기 위해 도망자들을 납치하는 데 혈안이 된 수단의 베두인 족과 라샤이다 족들을 피해 도망 다녀야 한다. 철저하게 그림자로 지내야 한다.

어쩔 수 없이 내 힘으로 할 수 있는 방법을 찾아내야 했다. 결국 임신하기로 마음먹었다. 갓난애에게 젖을 먹여야 하는 산모는 군대에 끌고 가지 않고, 내버려 둔다고 했다. 물론 그게 내가 꿈꾸던 삶은 아니다. 하지만 운만 좀 따르고 마음만 굳게 먹는다면-적어도 그건 자신 있으니-아이들과 함께 적십자 소속 차량을 타고 에티오피아로 갈 수 있을지 모른다. 한 번도 그곳에 가 본 적은 없지만 에리트레아보다는 낫지 않을까. 그곳에서 영어 교사가 될 수 있을지도 모르겠다.

오랫동안 내 계획에 도움이 될 만한 적임자를 찾아다녔다. 꽤 친절해 보이는 남자아이 하나를 눈여겨보고 있었는데, 이제 열일곱 살이라고 했으니 곧 군대에 갈 테고, 그러면 너무 오래 그의 존재를 감당하지 않아도 되겠지.

그는 당황스러울 만큼 너무 쉽게 내 유혹에 넘어왔다.

우리는 매일 바위 언덕 뒤에서 만났다. 무화과나무 그늘 아래서 그의 몸을 빌려 희망을 꿈꾸어 보았다.

문제는 8개월이 지나도 내 배에 전혀 변화가 일어나지 않는다는 것이었다. 배가 조금도 부풀어 오르지 않았다. 여자의 몸 안에 아이를 갖게 하는 능력조차 없는 얼간이를 만난 것이었다.

결국 나는 다른 남자들을 찾아 헤맸다. 열 명, 스무 명, 오십 명. 되도록 우리 집에서 멀리 사는 애들을 선택했다. 내 통행증으로 가장 멀리 갈 수 있는 곳까지 갔다. 삼촌의 명예를 조금은 지켜 주고 싶었다. 무엇보다 군 초소에서 되도록 멀리 갔다. 눈에 띄지 말아야 했으니. 사실 나는 우리 마을의 창녀가 될 수도 있었다. 그렇다고 해도 그다지 부끄러울 것도 없었을 것이다. 이런 극단적인 선택을 하는 사람이 나밖에 없는 게 아니었으니.

나는 매달 생리가 끝나고 28일째 되는 날이면 몰래 손가락을 몸 안에 깊숙이 집어 넣어 피가 묻어 나오지 않는가 확인했다. 조금도 내색하지 않고, 그렇다고 절망하지도 않은 채 희망을 품으려고 노력했다. 그러던 어느 날 내 불행의 원인이 내 허벅지 사이에 있다는 걸 깨달았다.

내 배가 죽은 나무였던 것이다.

두 눈을 파내거나 발 하나를 절단하면 사와에 가지 않아도 된다고들 하지만-이웃 마을의 여호와의 증인 신자 하나도 그렇게 했다고 들었다-나는 그러지도 못했다. 그건 내가 아니었다.

결국 나는 학교 공부를 포기해야 했다.

9학년째부터 나는 시간을 멈추기 위해 온갖 방법을 다 동원했다.

아예 시험을 보러 가지 않거나, 때로는 자존심이 상했지만 답지에 아무렇게나 적고 나왔다. 그렇게 세 번 낙제했다. 더없이 맑은 눈동자에 친절한 젊은 여자 담임선생님은 아무 말없이 나를 내버려 두었다. 그녀는 알고 있었다. 어느 날 저녁 그녀가 내게 작은 목소리로 말했다.

"사피야, 언제까지나 너를 낙제하도록 내버려 둘 수 없단다. 너도 알다시피 다들 우리를 주시하고 있거든. 언젠가 군인들이 와서 너를 데리고 갈 거야. 학교가 헌병대에 맞서 대항할 수는 없단다."

그녀의 말을 충분히 이해하고도 남았지만 다른 방법이 없었다. 매일 아침 눈을 뜨면서 학교에서 불행한 일이 닥치지 않기만을 기도할 뿐이었다. 소문에 의하면 군인들이 직접 교실로 쳐들어와 사와에 입대할 나이가 된 아이들을 끌고 갔다고 했다. 나는 매일 저녁 절망한 얼굴로 나를 구해 줄 남자를 찾아 배수구 옆 우물을 헤매고 다녔다. 제멋대로 자란 가시덤불과 선인장에 다리가 긁히고, 더럽혀졌다. 그래도 내게 자유를 안겨 줄 아기를 포기할 수 없었다. 왜 안 생기는 걸까? 나는 도대체 어떤 운명을 가지고 태어난 여자이기에 아이 하나 임신하지 못하는 걸까? 친구 중 넷은 이미 배가 많이 불러 있었다.

누가 나를 신고한 거지? 수염 난 남자들 중 한 명이 분명하다. 나라에 헌신하는 참전 용사들이야 얼마든지 많다. 아무래도 늙은 아스팔리데가 의심스러웠다. 그는 내가 지나갈 때마다 침을 뱉으며 "발정난 고양이 같으니라고!" 혹은 "에티오피아 년!"이라며 욕을 해 댔다. 내가 에리트레아에서 태어났다는 걸 잘 알면서도.

그날, 군인들이 들이닥쳤다. 일일 찻집 행사를 막 시작하려던 참이었는데, 나를 붙잡아 갔다.

숙모는 땅바닥에 앉아 작은 팬으로 푸른 커피콩을 볶고 있었다. 커피 향에 유칼립투스와 옆에서 태우는 향냄새가 뒤섞여 났다. 나는 두 눈을 감고 여인들의 수다를 흘려듣고 있었다.

지프차 소리가 났을 때 드디어 올 게 왔다는 직감이 들었다.

모든 것이 끝났다는 게 본능적으로 느껴질 때가 있다. 조금 전만 해도 눈앞에서 검은 구름이 모여드는가 했는데 어느새 하늘은 맑게 개어 있었고, 그러다 갑자기 언제 어디서 몰려왔는지 어두운 구름 장막이 하늘을 뒤덮고 있었다.

나는 용수철처럼 튕겨 올라 달아났다. 그 바람에 지베나*와 토기를 엎었다. 작고 하얀 옥수수 수플레 덩어리들이 아무도 먹지 않은 설탕 꽃처럼 바닥에 떨어졌다.

나는 문을 향해 돌진했다. 도망칠 수 없다는 건 알고 있었지만 반항 한 번 해 보지 않고 무기력하게 잡혀갈 수는 없었다.

---

*지베나 주둥이가 뾰족한 커피포트로 주로 도자기로 만든다. 에티오피아, 수단, 에리트레아에서 사용된다.

군용 트럭에는 이미 또래 아이들 다섯 명이 붙잡혀 있었다. 그날 이후로 나는 더 이상 커피를 마실 수 없었다.

사와에 도착해 한 달도 채 못 되었는데 두 번이나 성폭행을 당했다. 첫 번째는 군인들 중 한 명이 내 이름이 에티오피아와 관련이 있다면서 그랬고, 두 번째는 그저 본보기를 보여 주기 위해서라고 했다. 그들은 모두 아홉 명이었다.

하루는 나보다 먼저 붙잡혀 온 한 여자아이가 내게 말했다.

"여기서 벗어날 수 없다는 거 너도 잘 알잖아. 그러니 네가 먼저 제안해. 그러면 적어도 네가 선택하는 기분이라도 들 테니."

그 문제 외에는 어떻게든 저항했다. 그들이 나를 제압하도록 내버려 두고 싶지 않았다. 그대로 포기하고 싶지 않았다. 이곳 시스템에 순응해서 그들이 원하는 것을 그대로 주고 싶지 않았다. 무엇보다 엄마의 기억을 저버릴 수 없었다.

그래서 결국 그곳에서 도망치기로 결심했다.

이미 닥친 상황을 내가 바꿀 수는 없었다. 내게 남은 유일한 희망은 미래를 위해 지금은 어떻게든 견뎌야 한다는 거였다.

징병 절차가 마무리되면 기꺼이 군대에 가기로 했다. 그리고 작업장이든 사무실이든, 군대가 결정하는 곳에서 열심히 일하리라 마음먹었다. 포기하고 모든 걸 받아들이는 척하리라.

하지만 내 영혼 저 깊은 곳에서는 오직 탈출을 위해서만 살겠다고 결심했다.

6장

밤 10시다. 아니, 그보다 좀 못 되었거나 넘었을 수도 있다. 람페두사 집에 유일하게 남은 벽시계가 작동을 멈춘 지 이미 오래다. 하지만 그걸 문제 삼는 사람은 아무도 없다. 시계추를 수리해야 하지 않겠느냐는 말은 있었다. 하지만 그것도 시계가 필요해서라기보다 벽시계가 지닌 가치 때문이었다. 그 오랜 세월 풍파에 시달리면서도 조금도 상처 받지 않고 견뎌 왔으니. 밀라도, 아빠도 심지어 엄마도 시간을 정확하게 알아야 할 필요는 없었다. 예전부터 여름휴가 동안에는 늘 그런 식이었다. 어떤 의무나 구속이 없었다. 일어나고 싶을 때 일어나고, 다들 각자 원하는 시간에 밥을 먹고, 잠을 잤다. 시곗바늘이 가리키는 대로 따르지 않았다.

밀라는 무릎에 턱을 괸 채 테라스 벤치에 앉아 오렌지 빛 섬광이 대리석 무늬처럼 번지는 하늘을 바라보았다. 공연장에서 연극을 되도록 무대 가까이에서 보려고 맨 앞줄에 앉는 것처럼 밀라는 야외

정원용 의자를 더 바깥쪽으로 바싹 끌어다 놓았다. 그녀 옆에는 좀 전에 엉킨 줄을 풀어 준 꼭두각시 인형이 잔뜩 굳은 표정을 하고 빛바랜 갑옷 차림으로 누워 있었다. 저 멀리 바닷속으로 천천히 가라앉고 있는 태양이 아빠의 유리 막대 끝에 매달려 있던 뜨거운 불덩이처럼 보였다.

밀라는 무심코 인형의 두 팔을 올려 보았다. 오늘 하루는 뭘 하며 지내지? 앞으로 남은 날들은?

물론 이곳은 밀라가 기억하고 있는 것보다 색채, 향기, 소리가 훨씬 더 강렬하고 멋진 장소였다. 깎아지른 듯 솟아 있는 아름다운 기암절벽, 푸른빛으로 출렁이는 바다, 그리고 이곳에서만 느낄 수 있는 아프리카의 고요함이 배어 있었다. 이 집에서는 그 어떤 불행도 감히 일어날 것 같지 않은 고요함이 있었다.

하지만 엄마 아빠의 시야에서 벗어날 수 없다면 천국 같은 이 풍경조차 숨이 막힐 게 분명했다.

섬에 도착한 지 5일이 지났다. 처음 며칠은 짐 정리하고, 집 안 구석구석의 기억들을 더듬어 가며 돌아보고, 할머니 묘지에도 다녀오고, 마을 장터도 구경 가느라 그럭저럭 시간이 빠르게 지나간 편이었다. 온갖 색깔의 작은 상점들이며, 시끌벅적한 찻집들, 그리고 어부들이 외치는 소리들로 왁자지껄한 항구……. 람페두사 시내는 희망이 가득한 곳처럼 보였다. 그러다 점차 시내를 돌아다니는 것도 따분해지기 시작했다.

둘째 날은 부모님이 깨기도 전인 새벽에 눈이 떠졌다. 밀라는 어릴 때 즐겨 찾던 비밀 아지트까지 내려가 보았다. 놀랍게도 두 발이 그곳까지 가는 길을 정확하게 기억하고 있었다. 암석들로 이루어진 작은 해변은 집에서 그리 멀지 않았다. 몸을 조심조심 유연하게 움직이면 울퉁불퉁한 석회석을 계단 삼아 딛고 올라설 수 있다. 밀라는 저녁 늦게서야 어슬렁거리며 집에 돌아왔다. 온몸에 짠 소금기가 배어 있었다. 그런데 왠지 쓸쓸한 기분이 들었다. 함께 놀던 사촌도 없고, 그때처럼 기발한 상상력이 떠오르지 않아서 그런지 그곳도 더는 흥미를 끌지 못했다.

그다음 날은 마을을 통과해 암석 해변보다 좀 더 멀리 가 보기로 했다. 6년 전보다 해변이 꽤 줄어들어 있었다. 뜨거운 날 모래를 딛고 걸어가는 일은 산책이라기보다 고행에 가까웠다.

점점 하루가 길게 느껴지기 시작하더니 결국 모든 게 지루하고 무미건조해졌다. 람페두사를 좀 더 깊이 들여다보고, 두 발로 직접 걸어 다니고, 많은 것을 보고, 느끼고, 귀를 기울이고 싶었는데. 혼자 고립되는 것 같아 당황스러웠다. 하루 종일 집에서 조금 떨어진 곳들을 돌아다니는 것밖에 딱히 할 일이 없었다. 사람들도 거의 보이지 않았다. 돛단배를 즐기는 가족도 보이지 않고, 신나게 뛰노는 아이들도, 다정하게 이야기를 나눌 이웃도 없었다.

흥미로운 소일거리가 필요했다. 낯설고, 새로운 것들이 필요했다. 무엇보다 자유가 필요했다. 로마 거리 곳곳에는 환상의 섬 이미지를 강조하는 슈페르에날로또* 광고 포스터가 잔뜩 붙어 있었는데, 이는 어떻게든 행인의 눈길을 끌어 복권을 한 장이라도 더 팔기 위한 홍보 전략이었다. 밀라는 집과 해변 사이를 방황하면서 로마에서 본 홍보 포스터에 스스로 갇혀 버린 느낌이 들었다. 사람들은 사막처럼 적막한 이 섬을 마치 최상의 행복을 상징하는 곳처럼 부풀려 놓았지만, 사실은 남들의 시선에서 고립된 좁은 공간으로 인해 어쩔 수 없이 자신만의 생각에 잠겨들 수밖에 없는 곳이었다. 밀라의 생각은 늘 같은 결론에 도달했다. 지금의 모든 것이 달라지기만을 바랄 뿐이었다.

엄마가 그 약을 삼키지 않았다면……

남동생이 만일 다른 의사한테 치료를 받았다면…….

아니, 아예 동생이 태어나지 않았다면……. 모든 게 얼마나 달랐을까.

부모님이 섬을 드라이브시켜 주겠다고 했지만 밀라는 거절했다. 혼자 이 섬을 발견하고 싶었다. 게다가 부모님이 시작한 리모델링 작업을 방해하고 싶지 않았다. 며칠 뒤 마뉘엘의 기일이 돌아오는데 아직까지는 엄마가 편안해 보이는 것 같아 다행이라고 밀라는 생각했다.

해가 완전히 바닷물 속으로 잠기는 걸 보고서야 밀라는 조심조심 문을 열고 집 안으로 들어갔다. 가구들을 다 들어내 텅 빈 거실을 보니 기분이 이상해졌다. 자신도 그 자리에 있으면 안 될 것만 같았다.

* **슈페르에날로또** 이탈리아 복권.

상처 받기 쉽고, 방어 태세조차 갖추지 못한 그런 벌거벗은 장소에 막무가내로 문을 부수고 쳐들어온 침입자가 된 느낌이었다.

부엌에서 엄마는 모차렐라 치즈를 썰고 있었고, 아빠는 끓는 물에 토마토를 넣고 있었다. 껍질을 벗기지 않은 토마토를 카프레제 샐러드에 넣는 건 완전히 엉터리 요리라고 아빠가 말했다. "프랑스 사람들이나 그렇게 한다니까."

"밀라 왔구나!" 엄마가 부엌으로 들어서는 밀라를 보며 말했다.

엄마는 잠시 밀라를 바라보고는 타일 조리대에 칼을 내려놓았다. 이어 누렇게 바랜 앞치마 자락에 두 손을 문질러 닦았다. 레이스가 달린 앞치마에는 할머니가 자주 만들어 주던 오징어 먹물 링귀네 파스타와 피자 그리고 돼지고기로 속을 채운 팍시 그림이 그려져 있었다. 귀가 따가울 정도로 아빠가 만들어 달라고 조르는 요리들이었다.

"마리오네트에 새 생명을 불어넣어 주었구나. 멋진데! 불쌍해 보였는데."

"네, 그런데 아직 더 색칠해 줘야 해요. 외발에 애꾸눈……. 기사에겐 끔찍한 일이죠."

엄마가 아빠 쪽으로 고개를 돌렸다. 쪽 찐 듯 틀어 올려 가볍게 연필로 고정해 놓은 머리에서 머리칼 몇 가닥이 삐져나와 있었다.

"여보, 혹시 렌터카 담당자에게 탈 만한 자전거 있는지 물어봤어요? 빨리 알아봐 줘요. 이 기간 내내 밀라가 집에만 있을 순 없잖아요."

밀라는 꼭두각시 인형 쪽으로 고개를 돌렸다. 엄마는 자신이 마치 가족 문제를 책임지는 사람처럼 말했다. 그런데 '휴가'라는 말 대신 '이 기간'이라고 했다.

"그렇지 않아도 오늘 아침에 전화했는데 지금은 빌려줄 자전거가 없다네. 미리 알아봤어야 했는데. 관광객들이 몰리는 휴가철이니 당연하지. 2인용 자전거밖에 없다네. 다음 주 일요일엔 자전거 반납하는 사람이 있을 거라고 했어. 어쨌든 한 대는 예약해 뒀어."

엄마가 말을 이었다.

"다음 주 일요일이요? 아직 일주일이나 남았네……. 헛간에 있는 건 탈 수 없어요? 수리해도 안 돼요?"

아빠가 불가능하다는 뜻으로 눈썹을 치켜떴다. 손에 달라붙는 토마토 껍질을 떼어 내면서 단정적인 어투로 말했다.

"그거 타려고 했다간 고생만 할걸. 차라리 새로 한 대 사는 게 낫지. 수리하는 것보다 돈도 덜 들 테고."

밀라는 어두운 잎맥처럼 금이 간 도자기 그릇을 뚫어지게 바라보았다. 그릇 안에는 윤기가 흐르는 시칠리아산 올리브가 들어 있었다. 밀라는 올리브 한 알을 집다 말고 머리가 번쩍했다.

"혹시 지나 아주머니한테 자전거 빌릴 수 없어요?"

엄마는 한 손으로 머리칼을 쓸어내렸다. 그 바람에 틀어 올린 머리가 한쪽으로 쏠리면서 흘러내릴 것만 같았다. 엄마가 고개를 끄덕거리며 말했다.

"좋은 생각이네. 맞다. 왜 우리가 그 생각을 못 했지?"

엄마는 길고 검은 머리칼을 불안하게 지탱하고 있는 연필을 빼냈다.

"여보, 전화해 봐요. 당신이 지나 아주머니하고 더 잘 얘기하잖아요."

7장

지나 롬바르디 아주머니는 섬의 남쪽에 유산으로 물려받은 땅에 직접 집을 짓고 살고 있었다. 그곳에 가려면 마을을 가로질러 가는 방법밖에 없었다.

마침 장날이었다. 광장 한가운데는 알록달록한 천막들이 즐비해 있었다. 밀라는 온갖 물품들이 잔뜩 쌓여 있는 노점 진열대들을 넋 놓고 바라보았다. 이름도 알 수 없는 신기한 과일들, 표주박 모양의 카치오카발로 치즈* 덩어리들, 정오의 햇살에 보란 듯이 은빛의 비늘을 드러내고 있는 신선한 생선들. 좌판 앞에서 토마토를 만지작거리거나 생선 아가미를 들춰 보는 사람들도 있었다. 그러다 주인들과 이런저런 얘기들을 나누느라 정신이 없었다. 밀라는 그들이 주로 어떤 얘기들을 할까 궁금해졌다. 그러다 람페두사 같은 곳에서는 주로 피서 얘기나 가벼운 얘기들만 오갈 거라고 애써 생각하기로 했다. 체

---

* **카치오카발로 치즈** 암소 젖으로 만든 배 모양의 둥근 치즈.

크무늬 셔츠를 입은 저 여자는 정어리 가격을 깎아 달라고 흥정하고 있을 테고, 모자를 삐딱하게 눌러쓴 저 노인은 오늘 날씨는 어떻고, 내일은 어떨 거라며 잡담을 나누고 있을 게 분명했다.

"집에 갈 때 들렀다 가자." 차들이 밀리는 바람에 천천히 차를 몰던 아빠가 말했다. "엄마한테 후제*도 사다 주고. 후제는 여기가 가장 맛있거든. 붉은 후추하고 올리브 오일, 레몬만 있으면 돼. 기억나지? 할머니가 종종 만들어 주곤 했잖아."

밀라는 창문 쪽을 바라보고 있다가 고개를 끄덕거렸다. 운이 좋으면 돌아올 때는 자전거를 타고 올 수 있겠다는 생각을 하고 있던 터였다.

"자전거를 빌릴 수 있으면 올 때 제가 장을 볼게요. 체리도 사고, 리코타 치즈를 넣은 카놀리*도 사고."

아빠는 등을 운전석 깊숙이 기댔다.

"그렇게 하렴. 그런데 생선은 아빠가 골라야 해. 나머지는 돈을 줄 테니 네가 사 오렴."

차들이 다시 제 속도를 내기 시작했다. 그러다 '이 섬에서 최고로 멋진 맛집'이라고 적힌 작은 레스토랑 앞에서 모레티 맥주 상자를 내려놓느라 주차해 놓은 삼륜 트럭 때문에 다시 멈춰 서야 했다. 밀라는 고개를 뒤로 돌려 뒤따라오는 자동차를 기웃거렸다. 뒤차 운전수

＊**후제** 지중해산 빨간 생선.
＊**카놀리** 나팔 모양의 페이스트리 껍질을 튀기고 그 안에 단 크림을 잔뜩 넣은 이탈리아 시칠리아의 전통적인 후식.

가 창문 밖으로 목을 길게 빼고는 계속 클랙슨을 눌러 대면서 트럭 운전수를 향해 소리를 질러 대고 있었다.

"빨리 비켜!"

"입 닥쳐. 지금 일하고 있는 거 안 보여?"

"여기도 로마와 다를 바 없군." 아빠가 재미있다는 표정을 지으며 한마디 했다.

잠시 뒤 아빠는 다시 천천히 차를 몰았다. 이번에는 학교 앞을 통과하기 때문에 일부러 속도를 줄여야 했다. 학교 둘레에 빼곡하게 심겨 있는 올리브 나무들 아래에서는 세월이 지나면서 여러 세대의 아이들이 모여 비밀 얘기를 나눴을 것이다. 발코니가 있는 사제관, 햇빛이 그대로 내리꽂히는 운동장. 아빠는 어린 시절을 떠올리게 하는 여러 공간들을 바라보며 그때는 다들 각자의 비밀 사연을, 자기들 얘기를 털어놓는 걸 좋아했다고 말했다. 상대가 어떤 관심을 보이든 그런 건 별로 상관없었다고 했다.

밀라는 아빠의 얘기를 재미있어 하며 들었다. 람페두사는 정말 특별한 어떤 것이 있었다. 전에는 느껴 보지 못한 감정이었다. 단지 주위 풍경이 멋져서도 아니고, 이 섬이 세상을 벗어난 듯한 평화롭고, 고요한 보금자리처럼 보이기 때문도 아니었다. 그보다는 더 분명한 어떤 것이 있었다. 본능적인 것이랄까. 어쩌면 밀라가 이 섬에서 태어났고, 가족이 뿌리를 내린 곳이기 때문인지도.

밀라는 한시라도 빨리 지나 아주머니 집에 도착하고 싶었다. 자전거로 이 섬을 마음껏 돌아다닐 수 있다면 모든 것이 처음에 그녀가 기대했던 대로 이루어질 것 같았다.

지나 아주머니는 구이트자 곳에서 그리 멀지 않은 곳에 지은 집에서 살고 있었다. 별다른 매력이 없는 평범한 집이었는데, 무엇보다 길쭉한 네모 모양의 큼직한 호텔이 그 앞에 떡하니 버티고 있어 전망을 완전히 가리고 있었다. 호텔은 우편엽서에서나 볼 수 있는 멋진 풍경 속에 어쩌다 실수로 하늘에서 떨어진 군인 막사처럼 보였다.

아름다운 섬을 어떻게 이렇게까지 망가트릴 수 있지? 밀라는 깜짝 놀랐다. 시장이 한 마디도 못 한 걸까? 작년 휴가 때 프랑스에 갔던 생각이 났다. 니스에서 한참 떨어진 예쁜 시골 마을에 집을 하나 빌렸는데, 근방에 식료품 가게를 찾아볼 수가 없었다. 상점들이 하나같이 부동산 중개소나 화랑으로 변신해 있었다. 돈이 아무리 많아도 시골 마을에서 빵 한 조각 살 수 없다는 건 어처구니없는 일이었다.

아빠는 슬픈 생각이 들었는지 고개를 절레절레 흔들었다.

"아빠가 어렸을 때는 호텔이 별로 없었지. 하긴 문제가 그리 간단한 건 아니지. 여기까지 오면서 도로가 어땠는지 봤지? 이 섬에는 제대로 된 병원도 없단다. 다른 곳도 마찬가지겠지만 이 섬은 특히 관광에 의존해 살고 있으니. 그것밖에 섬 주민들이 살아갈 방법이 없으니."

아주머니가 문 앞까지 달려 나와 우리를 반갑게 맞이해 주었다. 그녀는 키가 크지도 작지도 않은 보통이었고, 몸도 마르거나 지나치게 뚱뚱하지도 않았다. 특별히 못난 얼굴도 아니지만 그렇다고 예쁜 편도 아니었다. 한마디로 개성이 별로 없는 평범한 여자처럼 보였다. 레스토랑에서 식사할 때 특별히 눈길이 가지 않을 그런 얼굴이라고 할까. 이름조차 기억나지 않을 만큼 너무 평범해서 귀를 기울이지 않으면 뭐라고 대답했는지도 모를 것 같은. 밀라는 속으로 그녀의 모습을 묘사해 보려고 노력했다.

아주머니는 아빠와 다정하게 포옹하고는 뒤로 한 발 물러나 밀라를 머리에서 발끝까지 자세히 훑어보았다. 밀라는 어떻게 행동해야 할지 몰라 안절부절못했다.

밀라는 특별히 아주머니의 모습이 불편할 건 없었지만, 키가 작은 편이라든가, 머리카락이 뻣뻣해 보인다는 등 밀라가 속으로 평가하고 있는 것들을 들키고 싶진 않았다.

"오, 세상에! 어쩜 이렇게 예쁠 수가."

지나 아주머니가 아빠 쪽으로 돌아섰다.

"루시아를 많이 닮았네, 안 그래?"

그 말에 밀라의 입꼬리가 살짝 아래로 처졌다. 지나 아주머니는 밀라의 어깨에 한 손을 올려놓고는 슬픈 표정을 지으며 물었다.

"엄마는 같이 오시지 않았니? 요즘은 좀 어떠시니?"

밀라가 지나 아주머니를 좋아하지 않을 이유 하나가 더 생긴 셈이었다. 밀라는 입 안쪽 살을 지그시 깨물었다. 지나 아주머니처럼 다들 엄마 얘기를 할 때면 어김없이 회한에 잠긴 표정을 지어 보였다. 애써 잊어버리려고 하는 걸 끄집어내어 밀라를 괴롭혔다.

밀라는 지나 아주머니에게서 눈길을 돌렸다. 그녀가 보여 주는 호기심이 정말 싫었다. 따귀를 한 대 때리고 싶은 충동까지 일었다.

아빠도 그걸 느꼈는지 짧게 대답하고는 다른 얘기로 넘어갔다. 반갑게 맞이해 줘 고맙다는 인사말도 잊지 않고 덧붙였다.

"집 안에 예쁜 꽃도 꽂아 주고, 부탁도 하지 않았는데 냉장고에 음료수도 넣어 주고, 여러모로 고마워요."

"무슨 그런 말을. 준비하면서 즐거웠어요. 람페두사에 온다는 말 듣고 얼마나 기뻤는데요. 다들 그러잖아요. 이 섬은 구원의 섬이라고."

지나 아주머니는 잠시 말을 끊더니 진심 어린 미소를 지어 보였다.

"자, 이쪽으로 와요. 한잔 따라 드릴게요."

아주머니는 밀라와 그녀의 아빠를 뒤뜰로 안내했다. 화분에 심어 놓은 올리브 나무 몇 그루가 햇빛에 후끈 달아오른 테라스 타일 바닥 위로 그늘을 드리우고 있었다.

세 사람은 초록색과 푸크시아 색의 큼직한 차양 아래에 자리를 잡고 앉았다. 그곳에는 야외용 가구들이 한자리에 모두 모여 있었다. 요란스러운 문양의 2인용 소파에 시칠리아 깃발 문양의 테이블보가 덮여 있는 낮은 탁자, 그리고 줄무늬가 있는 쿠션들, 노란 해바라기 조화들이 가득 꽂혀 있는 커다란 화병이 있었다.

지나 아주머니는 집수리 얘기가 바닥나자 미안하다고 말하면서 서둘러 집 안으로 들어갔다. 잠시 뒤 플라스틱 쟁반에 레모네이드를 담은 유리병과 유리잔 세 개를 들고 나왔다. 대화는 그들이 공유하고 있는 기억들로 이어졌다. 지나 아주머니는 말끝마다 람페두사가 너무 많이 변했다며 불평했다.

"진짜 걱정스러운 건 그러니까……."

밀라는 그다음 얘기는 귀담아듣지 않았다. 푸크시아 차양 아래에 있는데도 너무 더웠다. 머릿속엔 이미 다른 생각들로 가득했다. 청록색이 유난히 아름답게 돋보였던 작은 곳에 자전거를 타고 가서 수영을 해야지. 비행기에서 내려다본 풍경이 눈에 선했다. 바닷물은 엄청 시원할 거야, 그 외에 볼거리도 얼마든지 많을 테고. 섬 지도를 뒤적거리며 찾아낸 정보와 어릴 적 기억들을 떠올리며 가 보고 싶은 곳들을 체크해 보았다. 그 유명한 토끼 모양의 해변도 가 보고, 바다거북이 보호 센터도 들러 봐야지. 벼랑 꼭대기에 우뚝 서 있는 예수 수난상에도 가 보고.

"밀라? 밀라!"

아빠가 자기 생각에 깊이 빠져 있는 밀라를 놀래지 않으려고 어린아이를 대하듯 작은 목소리로 불렀다.

"네?"

"지나 아주머니가 묻잖아. 레모네이드 더 마시고 싶으냐고."

"아, 네. 고마워요."

밀라는 빈 잔을 내밀었다. 지나 아주머니는 또 다른 얘기를 꺼냈다.

"요즘 밀라노에서 사는 조카 파올라가 저희 집에 와 있어요. 매년 여름이면 오거든요. 작년에 마튜리타*에 합격했죠. 이미 학비는 2년 전부터 아르바이트해서 벌어 두더니 말이지요. 지금은 보자르 공부를 하고 있어요. 도자기를 전공하고 싶다는데, 글쎄 도예가가 되고 싶다나요!"

지나 아주머니는 조카의 결정이 무모하다는 듯 마지막 말을 툭 던지며 다들 같은 생각 아니냐고 묻는 표정을 지어 보였다. 아무 대꾸가 없자 아주머니는 잠시 머뭇거리다 어색하게 웃었다.

밀라는 지나 아주머니가 지금 막 자신이 실수했다는 걸 깨닫고 있다는 걸 알아챘다. 유리 세공 예술가 앞에서 예술계를 비난했으니. 그러나 정작 아빠는 가벼운 유머로 받아들이는 것 같았다. "그러니까 그 직업이 쓸데없다는 게 아니라, 다들 알다시피 예술계에서 성공하는 게 쉬운 일이 아니잖아요. 조카애 엄마한테도 그랬다니까요. 좀 더 현실적인 직업을 구하는 게 어떻겠냐고. 안정적인 직업 말이에요."

지나 아주머니는 갑자기 레모네이드 잔을 움켜쥐고 단번에 비운 다음 탁 하는 소리와 함께 탁자에 내려놓았다.

"어쨌든, 내가 하고 싶은 말은, 밀라, 네가 파올라를 만나면 좋겠다는 거야. 그 애는 매일 아침 동네 빵 가게에서 일하거든. 마지니 쪽으로 가면 르 코스타라는 빵 가게가 있어. 어딘지 알겠지? 예전에 철물점 있던 자리야. 철물점 주인은 섬을 떠났지. 자기 아내가 디 마르조 아들하고 뒷방에서 못된 짓 하는 걸 목격했으니."

＊**마튜리타** 고교 졸업 자격시험.

지나 아주머니는 갑자기 목이 콱 막힌 듯 비명을 꽥 지르더니 앞에 있는 빈 잔에 레모네이드를 가득 채웠다.

"2, 3년 전부터인가 그 빵 가게 여주인이 음식을 직접 만들어 팔기도 해. 진짜 수다쟁이긴 해도 아란치니* 맛은 이 섬에서 그 집이 최고지. 조카애는 1시면 끝날 거야. 오후에 뭘 하고 지내는지 잘 몰라도 친구들과 해변에 가서 놀겠지. 어쨌든 그 애는 람페두사 섬을 잘 알고 있단다. 이 섬을 돌아보고 싶다고 했다며? 파올라한테 구경시켜 달라 하면 좋겠네."

밀라는 예의 바르게 고개를 끄덕거렸다. 이런 식으로 남이 주선하는 만남은 별로 달갑지 않았다. 어떻게 행동해야 할지 몰라 어색하기도 하고. 빵 가게에 들어가 아란치니를 주문하는 것도 이상해 보이고, 파올라에게 친구들 그룹에 끼어 줄 수 있느냐고 묻는 것도 그다지 내키지 않았다.

지나 아주머니는 자리에서 벌떡 일어나 손바닥으로 자기 엉덩이를 두드리며 말했다.

"세상에, 제가 말이 너무 많았네요. 자전거 보고 싶다고 했지? 네 키에 맞을지 모르겠구나."

지나 아주머니는 밀라에게 푸른색 아이섀도를 바른 눈으로 윙크해 보였다.

"자, 이제 자유를 만끽해 보렴!"

---

*아란치니 고기를 넣어 만든 라이스 크로켓의 일종으로 토마토와 완두콩을 넣은 소스에 곁들여 먹는다.

아마뉘엘, 열여덟 살

자유란 그냥 얻어지는 법이 아니라고 말하는 사람들이 있다.

그들은 자유를 위해 몇 달, 아니 몇 년을 준비한다.

먼저 덜 힘들고 위험한 것부터 실행에 옮긴다. 말하자면 북쪽과 남쪽 국경선 중 하나를 선택하고, 산으로 갈지, 아니면 전쟁 이후 사방에 지뢰가 깔려 있는 들판으로 갈지를 정한다. 수단으로 갈지, 에티오피아로 갈지도 정한다. 모 아니면 도! 동전을 던져 알아보듯 하나씩 결정한다.

그다음은 가짜 통행증을 사기 위해 필요한 돈을 구할 차례다. 한 푼 두 푼 낙파를 열심히 모은다. 가족들 도움을 받거나 외국에 사는 지인이 있으면 그들에게 부탁도 한다. 상점이나 사무실에서 돈을 훔칠 수도 있고, 옆집 노인 집을 털기도 한다. 누구의 돈이든, 어디서든, 어떻게든 수단 방법을 가리지 않고 목돈을 만든다. 자기보다 약한 자들을 협박할 때도 있다. 각자 저마다의 삶이 있고, 저마다의 고행이 있는 법.

그러나 무엇보다 가짜 브로커한테 걸리지 말아야 한다. 통행증을 구해 줄 사람과 신중하게 접촉한다. 가격을 협상한다. 그러고는 그에게 줘야 할 돈을 더 구한다. 이때도 사기를 당하지 않도록 조심해야 한다. 모든 것이 끝나면 불쌍하기 그지없고, 절망감에 찌든 자신만을 의지하고 국경선을 넘기로 결심한다.

떠나기 전 마지막 밤들은 가능한 부모님과 함께 보낸다. 엄마가 정성스레 고레드 고레드*를 만들어 주면 맛있게 먹는 척한다. 너무 많이 먹어 모두 게워 내고 싶어도 참고 또 먹는다. 맥주를 들이부어서라도 음식물을 꾸역꾸역 내려가게 한다. 남동생이든 여동생이든 동생들한테는 절대 아무 말도 하지 않는다. 그들을 걱정시키지 말아야겠지만 그보다 경찰들이 그들에게서 캐낼 수 있는 정보를 아예 주지 않는 게 현명하다.

이제 수도 없이 펼쳐 봤던 지도를 다시 펼쳐 본다. 너무 가팔라서 들킬 위험이 그나마 적다고 사람들이 충고해 준 길, 손가락으로 수백 번도 넘게 짚어 봐서 눈 감고도 가리킬 수 있는 그 길을 더듬어 본다. 수단 국경 수비대원과 마주칠지 모르니 여윳돈도 마련한다.

이제 밤을 기다린다. 달도 뜨지 않은 캄캄한 밤, 주위가 어두워져야 기어 나오는 바퀴벌레처럼 어둠 속에 녹아들어 숨어 있어야 한다.

마지막으로 잠든 엄마의 얼굴을 바라보며 네 가슴에 묻는다. 가족들이 당할지 모를 고행과 어려움에 대해 진심으로 용서를 빈다. 그

---

*고레드 고레드 여러 향신료를 곁들인 쇠고기 육회 요리.

들이 겪게 될지 모를 고초를 상상하기보다 차라리 고통 없이 죽이고 싶다는 충동을 애써 떨쳐 버린다.

드디어 소리 없이 밖으로 나온다. 두 눈을 크게 뜨고 주위를 두리번거리고는 휘청거리는 발을 앞으로 내딛는다. 검문소, 보초병 그리고 군인 차량에서 되도록 멀리 떨어져 걷는다. 이따금씩 탐조등 불빛에 걸리지 않으려면 최대한 땅에 몸을 밀착시키고 있어야 한다.

새벽이 오기 전 산으로 올라가 빌어먹을 겁먹은 짐승처럼 죽은 듯이 숨어 있는다. 이제 막 다시는 돌아갈 수 없는 고향집 문턱을 넘어온 것이다.

그러고는 닥치는 대로 먹는다. 운이 좋으면 바르바리*의 무화과도 먹을 수 있겠지. 그렇지 못하면 나무뿌리라도 먹어야 한다. 선인장 껍질을 벗기고, 질겅질겅 씹어 즙을 한 모금 머금고는 나머지 찌꺼기는 삼키지 말고 뱉어 낸다. 혹시 추격당했을지도 모르니 거의 뜬눈으로 밤을 보낸다. 한낮에는 더위에 쪄서 죽을 것 같고, 밤이면 매서운 추위에 온몸을 떤다. 걷고 또 걷고, 구역질이 날 때까지 걷는다.

네 침대가 비어 있는 걸 발견했을 가족들 얼굴은 떠올리지 마라. 잡혀갈까 봐 두려움에 떨 네 아버지도 생각하지 마라. 왜 함께 데려가지 않았는지 이해하지 못하는 남동생도, 왜 자기들을 내버렸는지 야속해하는 여동생도 생각하지 마라.

앞으로 도달할 목표 지점만 생각하라. 고양이처럼 날렵하게 앞으

---

*바르바리 모로코, 알제리, 튀니지와 리비아 서부를 포함하는 아프리카 북서 지방.

로만 나아가라. 물을 충분히 마신 다음에도 되도록 소변을 보지 않는 게 좋다. 그래야 계속 소변을 보고 싶어질 테고, 그러면 목도 덜 마를 테니.

그러다 어느 날 아침, 신의 은총이 너와 함께 한다면, 만일 네 몸에 총알 수백 개가 박혀 구멍 나지 말아야 할 가치가 있다고 신이 판단하셨다면, 드디어 국경선 너머의 땅을 보게 될 것이다. 네가 그렇게 꿈꿔 오던 땅을. 네가 떠나온 땅과 그리 다르지 않다는 걸 알게 될 것이다. 그러니 네가 사랑하려고 애쓰던 조국의 땅에는 눈길조차 주지 말고 달려라.

유엔난민기구*가 운영하는 난민촌으로 뛰어들라. 그러고도 여전히 네게 새로운 대지를 찾아갈 신념이 남아 있다면, 그리고 사막의 라쉬드 부족들이 네 텐트까지 내려오지 않았다면 며칠이 지난 뒤 앞만 보고 길을 계속 가라. 첫발을 혼자서 내딛었던 것처럼.

나는 그러지 못했다. 아무것도 미리 준비하지 못했다. 무슨 일이 일어날지 생각조차 못했으니까. 엄마는 내게 종종 이렇게 말했다.

"넌 너무 생각 없이 충동적으로 행동해서 탈이라니까. 그렇게 살면 문제가 많을 텐데 걱정이구나."

하긴 내가 오래 고심하는 그런 성격이 아닌 건 사실이다.

내가 사와에 끌려간 건 고등학교 졸업반 때였다. 공부는 진즉에

---

*유엔난민기구 유엔 산하 기관으로 난민의 권리와 복지 보호를 주요 목표로 두고 있다.

포기하고 있었는데, -공부에는 통 재주가 없었다-공부를 포기한 건 지금 생각해도 잘한 일인 것 같다. 그런데 군인들이 부모님의 일터인 오크라* 밭까지 찾아올 수 있다는 건 전혀 예상치 못한 일이었다. 사람들은 수도에서 멀리 떨어진 시골에 살면 지파*를 피할 수 있다고들 했는데, 정말 바보 같은 말이다. 비를 피할 곳은 아무 데도 없는데.

군인들이 부모님한테 5만 낙파를 벌금으로 내라고 명령했다. 내가 숫자는 잘 몰라도, 마을 사람들이 모두 발 벗고 나서 모아도 턱없이 모자라는 금액이라는 건 알았다. 그러자 그들은 부모님께 누가 내 대신 사와에 갈 거냐고 물었다.

선택의 여지가 없었다. 어쩔 수 없이 내가 갈 수밖에. 그렇게 해서 나는 사와에 갔다. 어쨌든 시간이 지나가겠지 하면서. 그곳에서 시키는 대로 헛발을 내딛지 않고 복종하면서 시간이 흘러가도록 내버려 두면 되겠지. 해낼 수 있을 거라고 생각했다.

사와에는 2만 명도 넘는 사람들이 있었다. 워낙 많다 보니 가깝게 지내는 이들도 생기기 마련이었다. 고통을 함께 나누다 보면 자연스럽게 서로 끈끈해지는 법이기도 하지만.

'우리 반'은 열두 명 정도가 가깝게 지냈다. 어떻게든 하루를 좀 더 견딜 만하게 만들려고 애썼다. 그중에 로멜이 가장 재미있는 친구였다. 무척 마음에 들었다. 털갈이하는 개처럼 삐쩍 마른 몸에 키

*오크라 아열대 채소이며 샐러드·튀김·수프로 요리해서 먹는다.
*지파 강제징병을 뜻하는데, 실제 에리트레아 말인 티그리냐 언어로 '비'를 의미한다.

만 훌쩍 큰 녀석이었는데 우스꽝스러운 농담을 아주 잘했다. 주로 정부를 비난하는 농담들이었다. 병사들이 가까이 있을 때면 더 신나라 얘기했다. 그 나름의 저항 방식인 셈이었다.

아, 아와트도 있었다. 무척 공격적인 성격을 지닌 그는 두 눈에 늘 분노가 가득했고, 일을 할 때면 입술을 꽉 깨무는 습관이 있었다. 턱뼈가 움직이는 게 보일 정도였다. 그는 항상 영국 얘기만 했다. 꼭 가고 싶은 나라라고 했다. 그가 무슨 일이 있어도 영국에 가고야 말겠다는 결심을 하고 있다는 건 쉽게 알 수 있었다.

그리고 모즈라는 아이도 있었다. 그가 어쩌다 그리스도 재림교인이 되었는지는 알 수 없었다. 하루는 군인들이 그에게 신앙을 부정하고, 성경책을 불태우라고 했다. 그리스도 재림교인들을 별로 좋아하지 않는 나였지만 그날은 두 손이 묶인 채 군인들 앞에서 무릎을 꿇고 있는 그를 보니 기분이 정말 더러웠다.

항상 뒤처지는 살로몬도 있었다. 다행히 그가 나무나 석고처럼 무거운 걸 옮겨야 할 때면 옆에 사람들이 있어서 도움을 받곤 했다.

아 참, 손가락 하나를 잘린 벤얌도 있었지. 이자크와 조리 그리고 마사와 출신의 쌍둥이도 있었고. 그 외에 이름조차 잊어버린 열두 명가량의 친구들도 있었다.

처음 그 계획을 꺼낸 건 아와트였다. 우리 캠프에서 수단 국경선까지 70킬로미터밖에 떨어져 있지 않다고 했다. 그의 말을 빌리자면 탈영을 부추기려고 일부러 여기에 캠프를 세운 건 아닌지 모르겠다는 것이다.

그날 저녁 잠이 오지 않았다. 그런 엄청난 계획을 세우다니, 그 녀석 머릿속에는 도대체 무슨 꿍꿍이가 있는 걸까? 도망칠 계획을 하는 사람들은 대개 10일간의 휴가 동안 일을 저지른다. 물론 그것도 위험한 일이지만. 그들 중 4분의 3은 다시 붙들려 오고, 그나마 총을 맞지 않고 살아남은 이들은 지옥 같은 감옥소 어딘가에서 웅크리고 지낸다. 어쩌면 아와트의 남동생이나 아버지가 이미 겪은 일인지도. 한 번도 그에게 직접 물어보진 않았다.

다음 날 줄을 서서 급식을 기다리다 말고 내가 아와트에게 속삭였다.

"그거 잘 안 될걸. 다들 개죽음을 당하고 말 거야."

그는 내 쪽을 돌아보았다. 그러고는 검은 눈을 크게 뜨고 나를 뚫어지게 쏘아보았다.

"그래? 우리 여기서 이미 죽은 거 아니었나."

그로부터 2주가 지났다. 아와트는 무모한 그 계획을 포기하지 않고 때를 기다렸다. 그는 자신의 계획을 위해 충분히 멍청한 아이들을 끌어모을 때까지 기다렸다. 여윳돈이 있는 아이들을 주로 끌어들였다. 20여 명쯤이면 충분할 거라고 그는 생각했다.

하루하루 지날수록 그는 점점 신경질적으로 변해 갔다. 우리 그룹에서는 벤얌과 어리숙한 살로몬이 함께 가겠다고 했다. 나는 살로몬한테 포기하라고 말해 주고 싶었지만, 그러지 못했다. 그는 너무 느리고, 어리숙했다. 시작하기도 전에 가망이 없다는 걸 알 수 있었다. 실패할 게 분명했다.

설사 여기서 도망치는 데 성공했다 쳐도 수단 국경선까지 산을 타고 넘어가는 건 또 다른 일이었다.

그러다 그가 어차피 죽을 운명이라면 다른 사람에게 도망칠 기회를 주고 죽는 것도 괜찮겠다는 생각이 들기도 했다.

오후로 접어들 무렵이었다. 우리는 다들 그다음 날에 여지없이 다시 메꿔야 하는 빌어먹을 구덩이를 파고 있었다.

두 눈에 땀방울이 흘러내려 눈이 너무 따가웠다. 이글거리는 태양이 등의 살갗을 좀 쏠듯 천천히 파 들어가고 있었다.

배가 몹시 아팠다. 좀 전에 먹은 돼지죽 같은 음식 때문인 게 분명했다. 내 옆에는 살로몬이 잔뜩 인상을 찌푸리고 있었다. 처음 이곳에 온 날부터 달고 다니는 물집 때문에 여간 골치를 썩이는 게 아니었다. 꽤 고통스러워 보였다. 다행히 내 살집은 무척 단단했다. 열다섯 살 때부터 뜨거운 햇빛 아래서 밭일을 했고, 비가 오나 바람이 부나 매일 농사일을 했기에 살갗이 늙은 소처럼 거칠고 단단했다.

10여 미터 떨어진 곳에는 감시병 두 명이 가건물 병사 그늘 아래서 좀 전에 먹은 음식을 소화하고 있었다. 늘 그랬듯이 돼지처럼 배가 터지도록 먹은 게 분명했다. 한 명은 나무 의자 위에 기댄 채 늘어져 있었다. 두 발은 앞쪽으로 쭉 내밀고, 한쪽 손에 곤봉을 비스듬히 든 채.

나는 순간, 주변 분위기가 평소와 다르다는 걸 직감했다. 새들이 갑자기 조용해진 것도 아니고, 벌들이 신경질적으로 붕붕거리며 날아다닌 것도 아니었다. 이유는 알 수 없지만 무언가 여느 날과 다르다는 걸 느낄 수 있었다. 무슨 일이 곧 벌어질 것 같았다. 드디어 그 날인가? 폭풍이 밀려올 걸 감지하는 짐승처럼 나는 냄새를 맡고 있었다. 로멜도 왠지 오늘은 농담 한 마디 건네지 않았다. 쌍둥이도 서로 바싹 붙어 있었다. 마치 서로의 존재를 통해 위로를 받듯이.

병사 한 명이 간이 막사에서 내려와 주변을 한 바퀴 돌았다. 다급해 보이지 않는 게 소변을 보러 가는 것 같았다.

아와트는 그가 시야에서 사라지는 걸 기다렸다 자리에서 일어섰다. 나무 의자에 앉아 있던 나머지 병사는 여전히 입을 딱 벌린 채 두 눈을 감고 있었다. 아와트는 우리가 다들 자신을 주목하고 있다는 확신이 들자 재빨리 삽을 땅에 내려놓았다. 소리 없이.

이 사인이 떨어지자마자 스무 명가량 되는 우리는 그를 따라했고, 철조망 쪽을 향해 달리기 시작했다. 내 심장이 가슴 안쪽 벽에 부딪치는 것만 같았다. 한 번도 그렇게 강렬한 심장박동을 느껴 본 적이 없었다. 그런 순간은 처음이었다. 움푹 패고 썩은 내 나는 눈동자로 죽음이 나를 정조준하고 있다는 느낌이었다. 죽음은 내가 달리다 혹시 휘청거리지 않나 보려고 느긋하게 기다리고 있었다. 죽음이 배신하지 않고 나를 붙들기 위해 그곳에 있었다.

멍청한 군인들이 무슨 일이 일어난 건지 파악하는 사이, 이미 첫 주자는 철조망에 도달해 있었다. 그 뒤로 더 약하고, 느린 친구들이 뒤따르고 있었는데 그들은 결국 총알받이가 되었다. 바로 그거였다.

아와트의 계획이 바로 그거였다. 사인이 떨어지면 다들 동시에 달린다. 그것도 한낮에 군인들이 보는 앞에서. 숫자가 많으면, 그의 말대로 '무리 지면' 그중 발 빠른 몇몇은 빠져나올 수 있다는 계산이었다.

나는 발 빠른 무리에 속했다. 얼마 동안 달렸는지 알 수 없었다. 무슨 생각을 하며 달렸는지 하나도 기억나지 않았다. 아무 생각도 없었을 것이다. 계속 달려야 한다는 생각밖에.

한참을 정신없이 달리다 조금씩 속도를 늦추기 시작했다. 날은 이미 어두워져 있었다. 그제야 우리가 산에 도착했다는 걸 깨달았다. 바위가 눈에 들어왔고, 별과 선인장도 보였다. 우리가 이런 엄청난 일을 겪는 동안에도 어떻게 세상은 아무 일도 없었던 것처럼 계속 돌아갈 수 있는 걸까?

우리들 중 몇 명이나 도망쳐 나왔는지도 알 수 없었다. 어딘가 우리처럼 무작정 걷고 있는 무리가 있을지도. 우리 팀에는 나와 아와트, 그리고 모하메드밖에 없었다. 모하메드는 영양처럼 가늘고 날렵한 친구였다. 그는 여전히 얼빠진 두 눈을 둥그렇게 뜨고 있었다. 다들 옷이 땀으로 흠뻑 젖었는데, 젖은 셔츠에 달라붙은 두 친구의 가슴팍이 그대로 다 드러날 정도였다. 그제야 나는 내 상태도 별반 다르지 않다는 걸 깨달았다. 그날 밤 우리는 추위에 죽을 만큼 떨어야 했다.

앞에서 얘기했듯이 나는 행동에 옮기기 전에 너무 많이 고심하는 성격이 아니었다.

8장

　밀라는 자전거로 자갈이 빼곡하게 박혀 있는 길을 달렸다. 다시 찾은 자유가 너무 고마울 뿐이었다.

　뜨거운 태양, 선인장, 먼지, 자갈들……. 모든 것이 당연히 있어야 할 장소에 있다는 느낌이 들었다.

　밀라는 하루를 어떻게 보낼지 아무런 계획 없이 집을 나섰다. 무엇보다 이 점이 가장 마음에 들었다. 전날 그랬던 것처럼 오늘 하루도 하고 싶은 걸 하리라 마음먹고 있었다. 한 시간쯤 한 방향으로 달리다 갑자기 방향을 바꿀 수도 있고, 속도를 낼 수도 있고, 아니면 아예 천천히 달릴 수도 있다. 체리 주스를 마시기 위해 움집 노점상에 멈출 수도 있고, 동네 아이나 구릿빛 얼굴의 어부와 얘기를 나눌 수도 있다. 가파른 절벽 가까이에 갈 수도, 그 아래 해변까지 내려갈 수도 있다. 자기가 뭘 하든, 누구의 간섭도 받지 않아도 된다.

　밀라는 평소보다 더 일찍 일어났다. 해 뜨기 전이라 그런지 테라스엔 전날 밤의 선선함이 여전히 남아 있었다. 밀라는 아침으로 수박 한쪽과 마팔다* 토스트를 먹었다.

엄마와 아빠는 거실에서 수리를 한다면서 롤러와 색색의 페인트 통을 들고 있었다. 밀라는 스스로도 놀랄 정도로 가벼운 마음으로 배낭에 짐을 챙겼다. 로마에서 세일로 산 까만 비키니, 비치 타월, 물병, 복숭아 한 개, 안드레아 데 카를로의 소설책, 가죽 동전 지갑, 아이패드, 핸드폰을 챙겨 넣었다. 섬 지도도 챙겼다.

아빠가 인사하면서 어디로 갈 거냐고 물었지만 밀라는 어깨를 으쓱해 보였다. 아무 계획 없다고, 무작정 나서는 거라고 말하면서 기분이 무척 좋았다.

"섬의 다른 쪽 끝에 있는 카페에 가서 주민들 대화나 들어 볼까 해요. 해변에 갈 수도 있고…… 잘 모르겠어요."

한 가지는 분명했다. 이유는 알 수 없었지만 처음 이곳에 도착했을 때 느꼈던 불안감이나 당혹감이 없어졌다. 그저께 자전거를 빌린 이후 완전히 사라졌다.

자전거가 꽤 큰 편이고, 너무 밝은 초록이라 신경이 좀 쓰였지만 상관없었다. 곧 익숙해질 테지. 지나 아주머니네 다녀온 이후 더 이상 후덥지근한 자동차를 타고 싶지 않았다. 렌털 상점에 가서 그동안 반납한 자전거가 있는지 확인하고 싶지도 않았다. 한시라도 빨리 람페두사 섬을 만나러 가고 싶을 뿐이었다.

* **마팔다** 참깨와 호밀로 만든 시칠리아 빵.

집에서 나와 오솔길 끝에 도착한 밀라는 페달에서 발을 떼어 땅을 디뎠다. 어디로 갈까? 오른쪽? 왼쪽? 자갈길로 갈까? 아니면 지중해 동남풍에 깎인 절벽 쪽으로 갈까? 밀라는 매번 좀 더 나은 선택을 위해 잠깐씩 생각에 잠기곤 했다.

전날은 남쪽 해변 도로를 달렸다. 토끼 해변까지 멋진 풍경이 이어졌다. 레이스를 단듯 하늘거리는 바위들과 바다 쪽으로 깊숙이 들어간 곳들이 교대로 나타났다. 세상에서 가장 아름다운 해변이라더니, 좀 과장된 면이 있긴 해도 어쨌든 무척 아름다웠다.

자전거가 썩 마음에 들진 않았지만 그래도 이렇게 달릴 수 있는 것만으로도 기뻤다.

15분가량 걸어가자 작은 해변이 나왔다. 햇볕에 그을린 얼굴을 한 관광객들 무리 옆을 지나 걸어갔다.

해변에는 엄청나게 많은 사람들이 북적대고 있었다. 밀라의 기억 속에 남아 있는 해변의 모습이 아니었다. 섬을 찾은 관광객들이 다들 한꺼번에 이곳으로 몰려온 건가. 다정해 보이는 가족들, 포옹하고 있는 연인들, 머리에서 발끝까지 모래를 뒤집어쓰고 있는 아이들…… 밀라는 홍보용 파라솔과 악어 풍선들 사이를 요리조리 피해 걸어갔다. 햇빛에 달궈진 모래를 딛고 걸으려니 발바닥이 뜨거웠지만 동시에 감미롭기도 했다. 밀라는 눈앞에 펼쳐지는 경치를 감탄하며 걸어갔다. 몇백 미터를 더 가자 그 유명한 작은 토끼 섬이 모습을 드러냈다. 청록색의 바다 한가운데 커다란 바위 하나가 떡하니 자리 잡고 있었다. 그것은 뱃놀이하는 이들에게 유일한 볼거리를 제공해 주고 있었다.

밀라는 대학생들처럼 보이는 무리들 옆에 비치 타월을 깔고 앉았다. 저 그룹에 혹시 지나 아주머니의 조카가 있지 않을까. 섬이 그다지 큰 것도 아니고, 토끼 해변은 사람들이 즐겨 찾는 관광지이기도하니.

밀라는 큼직한 별갑 테* 선글라스를 끼고 소설을 읽는 척하면서 그들을 관찰했다. 남자애들은 서핑 브랜드 로고가 찍힌 수영복을 입고 있었고, 여자아이들은 하나같이 보란 듯 번쩍거리는 형광색 수영복을 입고 있었다. 세일하는 상점에서 다 같이 구입한 게 분명했다. 그리고 남자를 유혹하려면 이 정도의 소리는 지를 줄 알아야 한다는 듯 귀가 떠나가게 소리를 질러 댔다. 그 무리에 파올라는 없을 것 같았다. 보자르 예술대에 다니고, 학비를 벌려고 빵 가게에서 아르바이트를 한다는 그녀는 왠지 몸에 딱 달라붙는 저런 형광색 수영복을 입고 미친 듯이 소리를 지르지는 않을 것 같았다.

밀라는 다시 자전거를 몰았다. 사람들이 북적거리는 해변은 피하기로 했다. 오늘은 어제와 반대 방향인 북쪽 해변 벼랑길을 따라 달렸다. 파도가 남쪽보다 더 사납기로 유명한 해변이었다.

땅에 거의 들러붙어 뻗어 가는 덤불로 뒤덮인 석회암 고원 한가운데 아스팔트 길이 구불구불 이어져 있었다. 남쪽과는 완전히 다른 풍경이었다. 사람들이 왜 이곳을 사막이라고 부르는지 알 것 같

* **별갑 테** 바다거북 등딱지로 만든 안경테.

았다. 그런데 밀라의 눈에는 오히려 이곳이 생명으로 가득 찬 것처럼 보였다. 그녀는 잠시 자전거를 바닥에 뉘어 놓고는 무릎을 꿇고 땅을 자세히 관찰했다. 가시덤불들이 햇빛을 찾아 돌 틈을 비집고 나와 뻗어 나가고 있었다. 밀라의 기척에 도마뱀이 귀찮은 듯 휘리릭 달아났다. 자줏빛 푸크시아, 오렌지 꽃들이 멋진 선인장들을 배경으로 활짝 피어 있었다. 가시 속에 잘못해서 빠진 것처럼 섬세한 별 모양을 하고 피어 있었다. 어디선가 바람 냄새가 났다. 손가락으로 흙을 한 움큼 집어 비비자 부드러운 촉감이 전해졌다. 끝없이 들리는 갈매기 울음소리는 벼랑 저 건너편에 바다가 누워 있다는 걸 알려 주는 듯했다.

복잡한 감정들이 한꺼번에 몰려왔다. 밀라는 자리에서 일어나 두 눈을 찡그렸다. 멀리서 바다 주위를 돌고 있는 요트의 돛이 눈에 들어왔다. 그들은 어디서 오는 걸까? 그들 중에는 람페두사 섬으로 오기 전에 아시아나 아프리카 항구에 닻을 내렸던 이들도 있을지도.

어쨌든 이 섬이 꽤 유명한 건 맞는 것 같았다. 부둣가에는 카타마란*의 업주들이 바다를 유람해 보지 않겠느냐며 팸플릿을 나눠 주고 있었다. 홍보물엔 육로로는 갈 수 없는 아름다운 동굴과 비밀스러운 곳을 찍은 사진들이 잔뜩 실려 있었다. 튀니지까지 170킬로미터밖에 되지 않는다고, 원하면 하루 만에 다녀올 수도 있다며 관광객을 상대로 호객 행위를 하는 이들도 있었다.

---

*카타마란 두 개의 선체를 가진 배.

밀라는 다시 자전거를 몰고 좁은 길을 달리기 시작했다. 등줄기를 따라 굵은 땀방울이 흘러내리는 게 느껴졌다. 10시쯤 되었을까? 햇빛이 자신만을 정조준해 내리쬐는 듯했다. 폭력에 가까운 열기였다. 아빠의 유리 작업실에서 가마에 너무 가까이 갔을 때 느꼈던 것처럼. 그 감각은 조금의 거짓도 없이 몰려왔다. 밀라는 자신이 생생하게 살아 있음을 깨닫게 해 주는 이 느낌이 좋았다.

밀라는 눈앞으로 흘러내린 머리카락을 훅 하고 바람을 불어 넘겼다. 이어 시선을 다시 바다 쪽으로 돌렸다. 이렇게 맑은 날이면 시칠리아 바닷가도 볼 수 있다고 아빠가 말했는데.

아빠! 자전거 페달을 힘껏 밟고 달리는데 은빛 물결 위로 갑자기 엄마 아빠의 얼굴이 떠올랐다.

첫 번째 주는 그럭저럭 잘 지나간 셈이었다. 아마 첫날 자동차 렌털 사무실에서 기다린 시간이 너무 지루하고 답답했기 때문에 그에 비해 괜찮다고 느꼈는지도.

아니, 밀라는 어쩌면 불행을 혼자 상상해 만들어 내고 있는 건 아닐까. 모든 일을 드라마틱하게 바라보고 있는 건 아닐까. 어쩌면 다른 사람이 오렌지색 의자에 꼼짝하지 않고 곧은 자세로 앉아 있는 엄마를 보았더라도 그저 누군가를 기다리느라 안절부절못하거나 피곤해서라고 생각했을지도. 가슴 아픈 옛 기억 때문에 한없는 회환에 휩싸이고 자신을 자책하고 있다고 생각하지 않을 수도 있다.

자동차 클랙슨 소리에 밀라는 깜짝 놀랐다. 엄마 생각에 빠져 있어서 자기가 도로 한복판을 달리고 있는 걸 의식하지 못했던 것이다. 겨우 가슴을 진정시키고 재빨리 오른쪽으로 비켜섰다. 트럭 한 대가 쏜살같이 밀라를 지나쳐 달려갔다. 밀라는 트럭이 저 멀리 하나의 점으로 남는 걸 지켜보고 서 있었다. 아스팔트 위로 피어오르는 아지랑이 때문인지 작은 점이 물처럼 떠다니는 것처럼 보였다.

트럭이 완전히 시야에서 사라졌을 때 밀라는 다시 뒤돌아보았다.

바다가 무척 한적해 보였다. 무엇보다, 지나치게 하나의 생각에 몰두하면 위험하겠다고 생각했다.

그러다 마을로 돌아가기로 했다. 빵 가게에 가 볼까? 기분 전환이 될지도. 파올라가 형광색 수영복을 즐겨 입는 아이인지 알아볼까?

9장

밀라는 마을 입구 쪽 모퉁이에서 공공 화장실을 발견하고는 마음
이 놓였다. 자전거를 조심조심 화장실 건물 벽에 기댔다.

돌 위에는 까만 스프레이로 그린 커다란 관의 흔적이 남아 있었
다. 아랫부분은 거의 지워졌지만 굵직한 대문자로 슬로건이 적혀 있
었다. 밀라의 호기심을 자극하기에 충분했다.

'구원의 섬, 람페두사에 오신 걸 환영합니다!'

군데군데 글씨가 지워졌지만 워낙 익숙한 표현이라 쉽게 알아볼
수 있었다. 그런데 왠지 이 낙서가 본래 의미보다 다른 의도를 얘기
하고 있다는 느낌이 들었다. 밀라는 자전거 뒷좌석에 묶어 둔 배낭
을 풀어 한쪽 어깨에 둘러멨다. 그러고는 여자 화장실 입구 쪽으로
갔다. 다분히 정치적 색채를 띤 문구 같기도 했다. 그런 것에 별 관심
이 없는 밀라였지만, 왠지 마음이 무겁고 불편했다.

밀라는 천천히 건물 안으로 들어갔다. 코를 찌르는 악취에 두 눈
이 찡그려졌다. 밀라는 되도록 숨을 쉬지 않고 참으려고 애쓰면서

손잡이마저 떨어져 나간 화장실 문을 열고 뛰어 들어갔다. 빨리 나와야겠다는 생각뿐이었다.

손을 몇 번이고 깨끗하게 씻고 찬물을 손끝에 묻혀 얼굴에 뿌렸다. 더러운 먼지가 잔뜩 낀 뿌연 거울을 힐끗 쳐다보았다. 햇볕에 그을린 피부가 먼저 눈에 들어왔다. 그리 못난 얼굴은 아니었다. 한참 거울을 쳐다보다 문득 엄마를 닮은 것도 같다는 생각이 들었다. 엄마가 이 말을 들으면 좋아할까?

밀라는 묶은 머리를 풀어 손으로 여러 번 쓸어내리고는 가지런히 다시 땋았다. 거울을 보며 머뭇거리다 이내 다시 머리를 풀었다. 화장실을 나서며 다시 한 번 머리를 매만졌다. 그러다 별로 신경을 안 쓴 척하면서 머리를 올려 묶고는 머리카락 몇 올을 끄집어냈다.

밀라는 큰 거리까지 나와 배낭에서 지도를 꺼내 펼쳤다. 다른 지도들처럼 뒷면에는 도심에서 관광객들이 가 볼 만한 장소들이 간단한 로고와 함께 표시되어 있었다. 굳이 좀 전에 다녀온 화장실에 가지 않아도 되었을 텐데.

밀라는 고개를 들어 주위를 살폈다. 거리 이름이 적힌 표지판이 눈에 띄지 않았다. 도대체 내가 지금 어디에 있는 거지? 자신이 갑자기 탐험가가 된 듯 흥미로워졌다. 입가에 회심의 미소마저 번졌다. 밀라는 처음 눈에 띈 사람에게 다가갔다. 꽤 마른 체구의 노부인이었다. 원래 색을 알아볼 수도 없을 만큼 낡은 원피스에 얼굴은 검은 올리브처럼 새까맣게 그을려 있었다. 그녀는 나이 든 사람들에게서나 찾아볼 수 있는 놀라운 인내심을 발휘하며 신문지로 덮은 무거운 대나무 바구니를 들고 걸어가고 있었다. 그 안에는 서서히 죽어가는 정어리 수백 마리가 꾸물거리고 있었다. 순간 연민의 감정이 몰려왔다. 오랫동안 잊고 지냈던 할머니의 얼굴이 떠올랐다. 베파나*처럼 보이는 시칠리아 할머니의 모습에서 할머니의 얼굴이 스쳐 지나갔다.

"안녕하세요? 저, 실례지만 이 근처에 코스타라는 빵 가게가 있다는데 혹시 아세요?"

노부인은 밀라를 잠시 의심스러운 눈길로 뚫어지게 쳐다보더니 알아들을 수 없는 말들을 툭툭 던졌다.

"고맙습니다." 밀라는 고개를 숙여 인사했다.

밀라가 제대로 이해한 거라면 빵 가게는 그리 멀리 있지 않았다.

밀라는 자전거를 끌고 걷기 시작했다. 예쁜 주황색 벽의 상점 앞, 햇빛에 널어놓은 수세미가 있어서 만져 보기도 했다. 그러다 불룩하게 튀어나온 발코니 난간에 기댄 채 거리를 내려다보며 수다를 떠는 동네 아주머니들 아래로 지나갔다. 놀랍게도 람페두사가 무척 친근하게 느껴졌다.

거리 한쪽에는 젊은이들 무리가 지루함을 달랠 무언가를 찾아 두리번거리고 있었다. 거리 안쪽으로 들어서면서 밀라는 머뭇거렸다. 빵 가게에 꼭 가 봐야 할까? 자전거도 있고, 이제 얼마든지 혼자 시

---

* **베파나** 이탈리아 민담에 등장하는 할머니로 산타클로스의 원형이라고 할 수 있다. 빗자루를 타고 다니는 이 노파는 착한 일을 한 어린이들을 위해 주현절에 선물을 놓고 간다는 전설이 있다.

간을 보낼 수 있는데. 남은 3주 동안 둘러볼 곳들도 많을 테고. 파올라가 어떤 아이인지 전혀 모르는데 괜찮을까? 지나 아주머니가 자기를 어떻게 소개했는지도 모르고. 부모하고 휴가를 떠나는 일 외에는 아무 할 일도 없는 멍청이로 취급하는 건 아닐까. 그런 아이한테 같이 시간을 보내 달라고 구걸하고 싶진 않은데.

그러다 그냥 호기심에 불쑥 한번 들어가 보기로 했다. 자기를 알아보지도 못할 테니.

아주 작은 빵집이, 큼직한 쇼윈도를 보란 듯이 뽐내고 있는 두 대형 상점 사이에 끼어 있었다. 큰 상점들은 허름한 빵 가게 때문에 자기네들 이미지가 위축되는 걸 막으려는 듯 거대한 홍보용 현수막을 거리 한복판에 매달아 놓았다.

밀라는 아까부터 오른손에 꼭 쥐고 있던 지도를 접어 배낭에 넣고 짊어 멨다. 땀이 식는 바람에 티셔츠가 살갗에 딱 달라붙었다.

밀라는 주위를 돌아보며 자전거를 세울 만한 곳을 살폈다. 결국 빵 가게 앞, 가로등에 비스듬히 세웠다.

이어 축축하게 젖은 티셔츠를 들어 올려 신선한 공기를 불러들였다. 잠깐 그렇게 바람을 쏘이고 안으로 들어갔다. 짤랑거리는 차임벨 소리와 함께 가게 문이 열리면서 밀라는 50년대 시칠리아의 모습을 그린 비토리오 데 시카*의 영화 속으로 빨려 들어갔다.

---

*비토리오 데 시카 이탈리아의 영화감독·배우. 〈사내들은 거짓말쟁이!(1931)〉를 처음으로 〈그리운 나날(1952)〉 등 여러 영화에 출연했다.

가게 안에는 사람들이 제법 모여 있었다. 밀라의 눈에 계산대 안쪽에 서 있는 주인 여자의 모습이 가장 먼저 들어왔다. 작은 키에 두리뭉실한 몸집의 여자였는데, 당장이라도 블라우스 실밥이 터질 듯 옷매무새가 불안해 보였다. 나이는 마흔쯤 되었을까. 그녀는 한 손님과 열심히 수다를 떨고 있었다. 그러면서 금박이라도 입힌 듯 번쩍거리는 계산대를 손가락으로 정신없이 두드리고 있었다.

아르바이트 학생 같은 여자는 보이지 않았다.

순간 여기까지 온 게 후회가 됐다. 서둘러 밖으로 나가려고 하는데 가게 안쪽 문에 늘어져 있는 구슬 커튼이 양쪽으로 젖히면서 여자 실루엣 하나가 나타났다.

젊은 여자가 쟁반에 작은 케이크, 비스킷, 색색의 앙트르메*를 잔뜩 들고 빠른 걸음으로 홀의 손님을 두 무리로 가르면서 쇼윈도 쪽으로 걸어갔다. 앞만 보고 당당하게 걸어가는 모습이 인노첸티의 신데렐라처럼 보였다. 밀라는 쟁반에서 케이크를 집어 진열대에 내려놓는 그녀의 우아한 모습을 넋 놓고 바라보았다. 머리끝에서 발끝까지 자세히 관찰했다. 파올라인가? 어딘가 겉모습이 지나 아주머니와 닮은 듯했다. 하얀 피부에 얼굴은 평범해 보였다. 그런데도 첫인상이 그렇게 강렬할 줄은 몰랐다.

섬세하고, 세련된 자태가 눈길을 끌었다. 붉은빛이 어른거리는 긴 머리를 뒤로 질끈 묶고 그 위에 작은 리본을 달았는데, 머리카락 몇

---

*앙트르메 서양 요리에서 로스트 다음으로 나오는 디저트의 하나.

올이 삐져나와 하늘거리고 있었다. 이탈리아인치고는 살결이 꽤 하얀 편이었다. 엄마나 아빠가 외국인일 수 있다는 생각이 얼핏 들었다. 아니, 그녀의 할아버지와 할머니가 잿빛투성이인 영국에서 이탈리아로 이주해 왔을지도. 인내심 하나로 버텨 결국 성공적인 가족 신화를 일궈 냈는지도.

한마디로 그녀는 매우 예뻤다. 신비스러운 분위기마저 감돌았다. 어떤 특별한 기운이 그녀를 그렇게 만드는 걸까. 여기저기 찢어진 짧은 청 반바지에 먼지가 뽀얗게 내려앉은 샌들을 보며 밀라는 그녀에게서 신성함마저 느꼈다. 그래 바로 그거였다. 마치 성모마리아를 마주하고 있는 느낌이랄까. 밀라 자신이 아주 오래전인 성녀의 시대에 와 있는 것만 같았다.

"뭘 드릴까요? 아가씨? 아가씨!"

밀라는 날카로운 목소리에 깜짝 놀라 뒤를 돌아보았다. 얼굴이 화끈거렸다. 계산대 뒤쪽에서 오뚝이처럼 생긴 한 여자가 새빨간 립스틱을 바른 입술을 내밀고 미소 짓고 있었다. 치아가 너무 고른 게 아무래도 의치처럼 보였다. 밀라는 무엇을 살지도, 심지어 지갑에 돈이 얼마나 있는지도 몰랐다.

"어…… 아직…… 잠깐만요……."

그 말에 여주인은 그 자리에서 풍선에서 바람이 빠져나가듯 미소를 거둬들였다. 이어 어깨를 으쓱해 보이더니 밀라를 의아한 눈길로 힐끗거리면서 단골처럼 보이는 한 손님과 열심히 수다를 떨기 시작했다.

밀라가 가방을 뒤적거리며 지갑을 찾고 있는데, 좀 전의 여학생이 밀라 옆을 스치듯 지나 계산대 안쪽으로 들어가는 것이었다. 그녀에게서 낯설면서도 묘한 향수 냄새가 났다. 고등학생들이 유행처럼 뿌려 대는 싸구려 바닐라 향과는 거리가 멀었다.

밀라는 가방에서 동전 지갑을 꺼내 들었다. 아무 케이크라도 집을 생각이었다. 왠지 점점 불편해지기 시작한 이 비좁은 가게를 빨리 벗어나고 싶은 생각밖에 없었다. 등줄기를 따라 굵은 땀방울이 흘러내렸다.

밀라는 입구 가까이에 있는 진열대 앞으로 갔다. 맛있는 케이크와 타르트들이 잔뜩 놓여 있었다. 부첼라티*, 시칠리아 카사트*, 마스팽, 달콤한 크림을 듬뿍 머리에 이고 있는 슈, 하얀 상자에 들어 있는 아몬드 빵, 온갖 이름의 카놀리들. 마치 이 경쟁 업체에 도전장을 내밀기 위해서만 만들어진 것 같았다. 밀라는 조금 당황한 얼굴로 진열대를 바라보고 있었다.

"뭘 좀 도와줄까요?"

밀라는 가까이서 환한 미소를 짓고 있는 그녀를 보고 안절부절못했다.

"아, 고마워요."

밀라는 얼굴이 새빨갛게 달아오르는 걸 들키지 않으려고 애썼다. 이런 상황에서 당황하는 모습을 보이고 싶지 않았다. 성모마리아를

*부첼라티 아몬드와 마른 무화과를 넣어 만든 케이크로 특히 크리스마스 때 먹는다.
*카사트 리코타 치즈, 설탕에 절인 과일을 넣은 케이크.

암현한 것도 아닌데. 그냥 빵 가게에서 아르바이트하는 여학생을 보고 수줍어하는 건 아무래도 이상했다.

그녀의 두 눈에 장난기가 살짝 배어 있다.

"이 섬에서 가 볼 만한 명소를 찾고 있는 거 같은데 되도록 토끼 해변은 가지 않는 게 좋아. 관광객들로 붐비고, 화려한 수영복 입은 여자애들만 가득할 테니. 해 질 무렵 산책 시간에는 특히 시내 쪽으로 나가지 않는 게 좋고."

그러면서 그녀는 밀라의 어깨에 손을 얹더니 두 뺨에 얼굴을 맞대고 인사를 하는 것이었다. 무방비 상태였던 밀라는 깜짝 놀랐지만 아무렇지도 않은 척하면서 어색한 웃음만 지어 보였다.

"밀라 맞지? 안녕! 나 파올라야. 숙모한테 네 얘기 들었어."

그녀는 지나 아주머니의 조카였다.

밀라는 파올라가 어떻게 자기를 알아보았는지 궁금했다. 머리 색깔을 보고 그랬나? 아닌데, 이탈리아 여자들 머리는 대부분 갈색이니. 그럼 빈약한 가슴을 보고? 선머슴처럼 너무 어려 보인 건 아닐까?

아빠가 이 섬에서는 영원한 비밀이 없다고 말했는데. 혀가 뱀장어보다 빠르게 움직이는 법이라고. 지나 아주머니가 자기에 대해 뭐라고 했기에 그렇게 빨리 알아본 걸까.

파올라는 턱으로 유리창 너머에 있는 초록색 자전거를 가리켰다.

"이 섬에서 저런 색 자전거를 살 사람은 우리 숙모밖에 없지!"

메롱, 열네 살

우리 가족이 에리트레아를 떠나온 건 아빠가 감방에서 풀려난 지 1년쯤 지날 무렵이었다. 아빠는 메이 네피 대학교 응용물리학 교수였는데, 펜테코스트파* 학생 열다섯 명이 비밀리에 성서 연구반을 조직했다는 걸 알면서도 당국에 신고하지 않았다는 죄목으로 체포되었다. 5월 어느 날 오후, 아빠는 연구실에서 단상교류 전환 장치 기능 연구에 몰두하고 있었는데, 군인들이 들이닥쳐 한 마디 설명도 없이 아빠를 끌고 갔다. 그렇게 아빠는 동료 교수 한 명, 학생 열다섯 명과 함께 수감되었다. 엄마와 나는 그 뒤 열 달 동안 아빠 소식을 전혀 들을 수 없었다. 어느 감옥소에 있는지도 알 수 없었다.

"더 이상 그 건으로 연락하지 마세요. 당신네 가족한테 해 줄 말은 하나도 없으니."라고 말하면서 담당자가 전화를 매몰차게 끊었다고 엄마가 말했다.

---

*펜테코스트파 20세기 초 미국에서 만들어진 개신교의 종파.

그로부터 5년 뒤 전후 내막을 알게 된 나는 아빠가 무척이나 원망 스러웠다.

모든 게 아빠 때문이었다. 만일 그때 아빠가 성서 연구반을 당국에 신고했다면 우리의 평온했던 삶은 계속될 수 있었을 텐데. 왜 내 생각은 조금도 하지 않은 거지? 엄마는 또 어떻고?

그 무렵 나는 행복한 소녀였다. 물론 행복하다는 사실을 항상 의식하며 지낸 건 아니었지만. 교수인 아빠의 월급이 그다지 많지 않았지만 엄마도 일을 했기 때문에 우리 가족이 지내기엔 부족하진 않았다. 무엇보다 우리에겐 큰아버지 세유무가 있었다. 아빠의 형제들 중 유일하게 살아남은 큰아버지는-다른 세 형제는 모두 전쟁터에서 죽었다.-독립 전쟁 때 외국으로 도망쳤다. 그 뒤 이탈리아에 망명자 신분으로 정착해 살고 있었다.

큰아버지를 직접 본 적은 없었다. 큰아버지가 사는 곳인 오르비에토에서 찍은 사진을 보내와 본 게 다였다. 큰아버지는 옷가지 몇 개만 챙긴 배낭을 메고 이탈리아로 가서 작은 택시 회사를 차렸는데, 다행히 크게 성공했다고 했다. 큰아버지를 떠올릴 때마다 마법사보다 더 훌륭한 영웅처럼 보였다. 어떻게 하면 큰아버지처럼 성공할 수 있을까?

큰아버지가 아빠보다 더 훌륭하다는 건 너무도 분명한 사실이었다.

나는 종종 큰아버지의 일상을 상상해 보곤 했다. 돗자리에 양복을 입고 앉아서 큰아버지의 사진들을 줄지어 늘어놓았다. 그러고는 큰아버지의 집에 초대된 것처럼 상상했다. 싱그러운 올리브 나무 앞에서 모닝커피를 마시고, 외국인 관광객 손님을 만나면 "헬로우, 어디를 가고 싶으시죠?"라고 영어로 말한다. 무대의 배경은 햇볕이 가득 내리쬐는 커다란 성벽이다. 그 위에 오르비에토가 자리 잡고 있다. 물론 큰아버지의 삶이 내 상상과는 거리가 멀다는 걸 잘 안다. 하지만 그건 별로 중요치 않다. 큰아버지는 여유가 될 때마다 우리에게 돈을 보내 주었다. 아홉 살 생일 선물로 내게 '메이드 인 이탈리아'라는 브랜드가 찍힌 수영복과 누일 때마다 눈을 감는 하얀 인형을 보내 주었다. 인형의 인조 머리칼에서는 달콤한 사탕 냄새가 났는데, 나는 감탄하면서 그 냄새를 맡곤 했다. 그 인형은 지금 어디에 있는 걸까.

아스마라에서 우리는 작지만 밝은 벽돌집에서 살았다. 내 방 흰색 철 침대 위에는 예쁘게 수놓은 쿠션이 여러 개 있었다. 내가 직접 고른 천으로 엄마가 만들어 준 쿠션이었다. 밝은 노란색, 선인장에 핀 오렌지 꽃, 그리고 초록의 삼색은 에리트레아 국기를 상징했다. 사람들은 내 고향이 아프리카에서 가장 아름다운 곳이라고들 말했다. 영화에 나오는 건물 장식들, 깨끗하고 잘 정돈된 큼직한 대로들이 있고, 집 근처의 날리지 스트리트에는 거대한 벽화가 거리 절반을 차지하고 있었다. 나는 가끔 그 앞에 멈춰 서서 영화 속 장면들을 찾아내곤 했다. 그 이미지는 여전히 내 기억 속에 생생하게 남아 있다.

이따금씩 우리 가족은 영화관에 갔다. 오페라를 보러 갈 때도 있었다. 오페라 극장의 3층 발코니 위 천장에는 무용수 여덟 명의 그림이 그려져 있는데, 그들에게서 발현되는 우아함을 보며 내 자신이 초

라해진 기분이 들기도 했다.

다시는 야자수 대로를 걷지 못할 테지. 다시는 재활용 전문 시장인 메데베에도 가지 못하겠지. 씁쓸함과 분노, 슬픔 중 어떤 감정이 가장 지배적으로 느껴지는 걸까? 사진이나 그림, 혹은 아스마라의 일상이 깃든 물건들을 가져오고 싶었는데. 그러지 못했다. 하나도 가지고 오지 못했다. "그냥 네 기억만 가져가렴." 아빠가 집을 나서는 내게 속삭였다.

집으로 다시 돌아올 날이 있을까? 먼저 탈출에 성공해야 가능한 일들이겠지만.

아빠는 나라 밖으로 도망가기 위해 엄청난 돈을 썼다. 한 살도 안 된 남동생 때문에 국경까지 걸어가는 건 불가능했다. 자동차, 가구, 가전제품 등 값나가는 물건은 몽땅 팔아 경비를 마련했다. 하지만 그것만으로는 '탈출 비자'를 살 수 없었다. 턱없이 부족했다. 어떻게든 비자를 구해야 합법적으로 국경을 통과할 수 있었다. 그런데 그나마도 아빠가 감옥소에 갔던 경력 때문에 불가능했다. 불행 중 다행으로 가짜 통행증을 구해 수단 국경에서 45킬로미터 떨어진 테세네이*까지 버스로 이동할 수 있었다.

나는 우리가 지나온 검문소들을 모두 기억할 수 있다. 매번 똑같

---

*테세네이 아프리카 북동부, 에리트레아 서부의 상업도시.

은 장면이 펼쳐졌다. 검문소에 가까이 가면 버스가 속도를 늦춘다. 길 양쪽에 보초병들이 서 있다. 버스 문이 끼익 요란한 소리를 내며 열린다. 군인들이 손에 소총을 들고 버스에 올라온다. 그러면 모두들 손에 통행증을 들고 보여 줘야 한다.

나는 매번 죽을 만큼 무서웠다. 열 살도 채 안 되었을 때, 완전히 뼈만 남은 모습으로 감옥소에서 나온 아빠를 보았기 때문인지 제복을 입은 군인만 봐도 두려웠다. 세 번째 검문 때였다. 통행증을 검문하는 군인 하나가 나를 뚫어지게 쳐다보는 것이었다. 나는 의자에 그대로 굳은 듯 웅크리고 앉아 한 마디 말도 못 했고, 꼼짝할 수도 없었다. 거의 숨도 쉴 수 없었다. 나의 모든 존재가 "우리는 불법 이민자고, 가짜 통행증을 가지고 있어요."라고 외치는 것만 같았다. 그러면 뜨거운 태양이 내리꽂히는 사막 같은 이곳에서 모든 게 그대로 멈출 것만 같았다.

군인의 목소리가 아주 멀리서 아득하게 들려왔다. 쇳소리가 나는 아주 불쾌한 목소리였다.

"얘 몸이 별로 안 좋은 것 같은데……."

엄마는 나를 꼭 끌어안았다. 그 바람에 동생이 잠에서 깼다.

테세네이에 도착한 뒤 우리는 더럽고 비좁은 아파트에서 며칠을 기다려야 했다. 나는 우리에 갇힌 사자처럼 빙빙 방을 맴돌았다. 아스마라와는 비교할 수 없을 만큼 무더운 날이 계속되었다. 빈곤함, 숨 막히는 열기, 더러움, 지루함, 두려움에 남동생의 울음소리가 뒤범

벅되면서 기다림이 더 견디기 힘들 뿐이었다. 부모님께 수없이 물었다. 벽에 대고 떠들었다. 집에 가자고 졸랐다. 나는 하르네트로를 걷고 싶었고, 깊고 좁은 잔에 따라 주는 라테 마키아토에 입술이 닿을 때의 뜨거움을 느끼고 싶었다. 임페로 영화관에 가고 싶었고, 집 앞 도로에서 자전거를 타고 싶었다.

나흘째 되는 날, 탈출 안내인이 마침내 우리를 찾아왔다. 그가 집 안으로 들어왔을 때 나는 달려가 그를 때리려고 했다. 그런데 그가 먼저 내 뺨을 세게 내리치는 것이었다. 그때 참았던 모욕감을 떠올리면 지금도 두 뺨이 얼얼해진다. 그는 그 이후로도 내게 아주 못되게 굴었다. 나는 속으로 그를 들쥐라고 불렀다.

아빠 말에 따르면 -그때만 해도 아빠를 신뢰하고 있을 때였으니- 들쥐야말로 이 나라에서 가장 실력 있는 안내인이라고 했다. 그는 일곱 달이나 시간을 끌다가 결국 우리 가족의 탈출 건을 맡겠다고 결정했던 것이다. 비용도 엄청나게 비쌌지만 아빠는 성공만 할 수 있으면, 그리고 밤낮으로 국경선 부근의 산과 들을 걷지 않아도 되면 돈은 얼마든지 지불할 가치가 있다고 했다.

들쥐는 두툼한 돈다발로 부도덕한 군인을 매수해 지프차 한 대를 구했다. 그는 거의 회사 하나를 새로 차릴 만한 금액을 요구했다. 위험 부담이 큰 일이라고 했다. 그 무렵 탈주자들이 이미 고문을 당하고 있을 때였으니 군인이 불법 이민자를 돕다 붙들리면 어떨지 그 위험은 상상할 만했다.

우리는 다행히 별다른 문제없이 국경선을 통과할 수 있었다. 하지만 이제 와 불법 이민자들의 말을 들어 보니 우리의 탈주 계획이 얼마나 무모한 짓이었는지 알 수 있었다. 그걸 시도한 아빠의 용기는 인정해 줘야 했다.

수단 국경선 검문소를 통과하기 직전, 들쥐가 엔진을 끄더니 지프에서 내려 선글라스를 꺼냈다. 나는 등과 다리가 너무 아파 그를 따라 내리려고 했는데, 아빠가 나를 팔로 붙드는 바람에 꼼짝할 수 없었다.

나는 얼굴을 찌푸린 채 들쥐의 행동을 자세히 관찰했다. 그는 보초 두 명하고 열심히 얘기를 주고받았다. 길을 묻는 게 아니라는 건 바로 알 수 있었다.

한참이 지난 뒤 군인 둘이 지프 쪽으로 걸어왔다. 들쥐가 우리한테 차에서 내리라고 명령했다. 군인들은 우리 둘레를 천천히 돌면서 들쥐와 계속 얘기를 나누었다. 마치 물건을 사기 전에 탐색하듯이.

나는 어떤 일이 벌어질지, 그들의 태도를 관찰하며 상상했다. 내 옆에서 엄마는 동생을 품에 안고 다급하고 걱정스러운 목소리로 쉬쉬거리며 동생을 달래고 있었다.

키가 큰 군인이 들쥐에게 고개를 끄덕거리자 그가 지프 쪽으로 소리를 죽이며 재빠르게 왔다. 이어 운전석 뒷자리 틈바구니에서 두툼한 봉투를 꺼내 가지고 돌아갔다. 내가 비록 어렸지만 국경선은 돈이 없으면 결코 열리지 않는 법이라는 걸 깨달았다.

군인이 그 봉투를 손에 움켜쥐었다. 이어 만족스러운 미소를 지으며 봉투를 군복 재킷 안에 쑤셔 넣었다.

들쥐는 잠시 뒤 전화 한 통을 하더니 트렁크에서 물병을 하나 꺼내 아빠에게 내밀었다.

"자, 우린 여기서 헤어집시다. 나는 국경선을 넘게 해 주었으니 계약은 여기서 끝이에요. 다른 안내인이 당신들을 데리러 올 거요. 그들이 카르툼*에 데려다줄 테니 여기서 기다리시죠. 국경선 보초들과 얘기는 다 됐으니. 저기 초소 그늘에서 기다리면 될 거요. 저기 저쪽에서."

"다음 목적지가 카르툼이에요?" 엄마가 남동생을 가리키며 물었다. "며칠은 더 걸릴 텐데 어쩌나……."

"다음 안내인이 쉬어 갈 마을이 있는지 알아봐 줄 거예요. 그런데 위험할 텐데, 돈도 더 내야 할 테고. 물론 그거야 당신들이 결정할 사항이지만."

들쥐는 머리를 트렁크에 다시 들이밀고는 우리 발밑에 비닐 봉투를 던졌다.

"자. 이거 받아요. 수단 옷들이에요. 이걸로 갈아입는 게 좋을 거요."

아빠는 머리를 끄덕거리고는 들쥐의 손을 잡고 악수했다.

우리는 결코 카르툼에 도착하지 못했다.

지프가 사라진 지 몇 분이 지나자 군인들이 우리한테 왔다. 그들

* **카르툼** 수단의 수도.

의 태도가 왠지 달라 보였다. 그들의 검은 눈에는 어떤 욕망과 갈망의 빛이 역력했다. 육식동물이 먹이를 바라볼 때 짓는 미소에 흐느적거리는 몸짓만 보아도 알 수 있었다.

그들은 아빠가 가지고 있는 돈을 몽땅 빼앗았다. 지금 와서 생각하니 그건 너무나 뻔한 일이었다. 탈출에 성공한 이민자들 중에는 누구도 돈을 직접 가지고 국경선을 넘었다는 이들은 없었다. 부모님은 통과하는 도시마다 필요한 만큼의 돈을 찾을 수 있도록 미리 조치를 취해 놓았어야 했다. 카르툼, 쿠프라, 트리폴리 등등. 그때부터 내가 아빠를 원망하기 시작했던 것 같다. 몇 달이 넘도록 준비했으면서 어떻게 그런 바보 같은 행동을 할 수 있지? 그때 아빠의 실제 모습을 깨달은 것 같다. 한마디로 아빠는 무능력자였다. 모든 게 처음부터 아빠의 잘못이 컸다. 아빠가 내 삶을 망쳤다. 나는 결단코 여기서 내 삶을 끝내지 않으리라 다짐했다.

들쥐의 연락을 받고 온 안내인은 아빠한테 더 이상 돈이 없다는 걸 알고는 침을 뱉고 모래바람을 잔뜩 일으키며 달아났다.

우리는 뜨거운 태양 아래를 한참을 걷고 또 걸었다. 수단 차를 발견할 때까지 걸었다. 다행히 차 한 대를 만나 얻어 탈 수 있었다. 대신 엄마가 도자기를 파는 운전사에게 금목걸이, 결혼반지 그리고 귀걸이를 건네주었다. 그는 우리를 첫 번째 난민 캠프에 내려 주었다. 남동생은 더 이상 울 힘도 없는지 가는 내내 조용히 있었다.

샤가랍 캠프에서 나는 3년을 보냈다. 유엔 난민 고등 판무관이 발급하는 난민증을 받기까지는 6개월이나 걸렸다. 그러고 난 뒤에야 우리 가족만을 위한 작은 움집을 지을 수 있었다. 그리고 또 6개월이 지나서야 아빠는 통행증을 얻어 가장 가까운 도시인 카사라에 갈 수 있었다. 그곳에서 큰아버지께 연락해 도움을 청할 수 있었다. 난민들 중에는 30년이 넘도록 샤가랍 캠프에서 지내는 이들도 있었다. 길을 계속 갈 돈이 없었기 때문이었다. 우리는 수단에서 멈출 수 없었다. 하지만 돈이 없으면 어찌해 볼 도리가 없었다. 2년에 걸쳐 큰아버지는 우리에게 6천 달러를 보내 주었다. 하지만 가족 네 명이 모두 움직이기에는 턱없이 부족한 액수였다. 한 사람은 가능했지만.

나는 오래 머뭇거리지 않았다. 여기서 멈출 수는 없었다. 어디든 이곳보다 나아 보였다. 미래가 없는 이곳에서 연옥을 떠도는 영혼처럼 절망을 안고 지낼 수 없었다. 이곳에서 죽어 가는 2만 명의 유령 중 하나가 되고 싶지 않았다. 죽도록 원망스러운 아빠와 함께 머물러 있을 수 없었다.

나는 짐을 뒤져 은행 서류를 찾아냈다. 별로 어렵지 않았다. 웃어야 할지 아니면 울어야 할지. 가련한 아빠. 바보 같은 아빠는 그 귀중한 돈조차 제대로 관리할 줄 몰랐던 것이다.

그다음 날 밤, 나는 카르툼으로 가려고 결성된 불법 이민자 소그룹에 합류했다. 카르툼을 거쳐 트리폴리로 가기로 결심했다. 밤하늘을 가득 수놓고 있는 별들이 길을 비춰 주고 있었다.

7월의 어느 날이었다. 앞으로 살면서 7월이 내게 특별한 의미로 다가올 거라는 사실을 나는 잘 알고 있었다.

10장

　자전거를 타고 집으로 돌아오는 길에 밀라는 구급차와 마주쳤다. 구급차는 사이렌을 울리지 않고 조용히 지나가고 있었다. 그때 갑자기 밀라는 피가 거꾸로 솟는 불안감에 휩싸였다. 두 손가락으로 마구 뛰고 있는 관자놀이 주위를 지그시 눌렀다. 연한 살 속이 훤히 비칠 정도로 작고 어린 새의 심장을 누르듯.

　아침에 밀라가 집을 나설 때만 해도 엄마 아빠는 거실에서 막 페인트칠을 시작하고 있었다. 아이패드를 연결해 틀어 놓은 플레이 리스트에서는 안토니오 살리에리의 오페라곡인 타란텔라*, 레오나르드 코헨이 흥얼거리는 시들, 그리고 벨기에 가수인 자크 브렐의 노래들은 물론 람슈타인* 밴드가 온 힘을 다해 부르는 노래까지 뒤섞여 흘러나왔다.

　열 시간 만에 얼마든지 많은 일들이 일어날 수 있었다. 알 수 없는

---

* **타란텔라** 이탈리아 남부에서 기원하는 전통음악의 일종.
* **람슈타인** 독일을 대표하던 인더스트리얼 헤비메탈 밴드.

불안이 밀라의 가슴을 짓눌렀다. 혹시…….

밀라는 언제나 최악의 상황을 상상하는 버릇이 있었다. 밀라가 이미 겪었던 일들 때문인지도. 밀라의 머릿속은 엄마 생각으로 가득했다. 거실 벽을 칠하려고 준비해 둔 페인트 색이 별로 마음에 들지 않았던 게 기억났다. 옛날 사진에서 본 것처럼 엄마의 얼굴을 환하게 해 주는 그런 밝은색이면 좋을 텐데.

밀라는 애써 마음을 진정시키려 했다. 좀 전에 지나친 구급차가 시각을 다투는 것 같진 않았다. 게다가 이 마을에 볼일이 있어 왔다가는 건지도 분명치 않았고. 구급차가 이 길을 지나갈 이유는 수없이 많지 않나. 고양이가 나무 꼭대기에서 내려오지 못한다거나 덫에 걸렸을 수도 있고. 말벌 집을 제거하러 왔을 수도 있다. 그래, 맞아. 분명 그런 일로 왔던 걸 거야.

집으로 향하는 길을 따라 비스듬히 방향을 틀어 달리며 밀라는 이 섬에 언제 도착했는지, 그 뒤 얼마나 지났는지 헤아려 보았다.

7월 11일인가 12일이었다. 밀라는 두 손으로 자전거 손잡이를 가만히 움켜쥐었다. 이제 며칠만 더 견디면 된다. 그러고 나면 가장 힘든 날은 지나가겠지.

밀라는 집 앞에 도착하자마자 자전거에서 펄쩍 뛰어내려 자갈길에서 자전거가 멈출 때까지 끌면서 속도를 줄였다.

그 일이 일어났을 때 밀라는 다른 곳에 있었다. 밀라의 잘못은 하나도 없었다.

그런데 왜 6년이 지난 지금까지 남들처럼 평범한 일상을 살 수 없는 걸까? 7월은 모든 이에게 여름휴가, 무더위, 축제 등을 상기시키는 행복한 달이 아닌가. 그리고 세일을 즐기는 달이기도 하고.

그런데 왜 엄마는 여전히 기운을 차리지 못하는 걸까? 누구나 각자 힘든 일들을 겪으며 살아가고 있지 않은가. 그래도 다들 조금씩 기운을 내고 회복하고 있지 않은가.

푸른 수평선 위로 마치 불행을 예견하는 새가 날아와 괴롭히듯 끊임없이 빨간 구급차가 떠올랐다.

밀라는 엄마가 다시는 그 일을 저지르지 않으리라 자신할 수 없었다.

밀라는 어떻게든 구급차의 붉은 점과 함께 나쁜 생각을 떨쳐 버리려고 했다. 아무 문제도 없을 거야. 부모님은 이 섬에 휴가를 보내기 위해 온 거잖아. 다 잘될 거야.

차고로 들어서다 말고 밀라의 머릿속에 방에서 발견한 또 다른 그림책이 떠올랐다. 영어판 동화책이었다. 사촌이나 가족들 지인이 집에 놀러 왔다 두고 간 게 틀림없었다. 마우이라고 불리는 마오이족 반신의 모험담을 그린 책이었다. 마우이는 마법의 밧줄로 태양을 묶어서 시간의 흐름을 조정하는 능력이 있었다. 만일 밀라가 마우이였다면 당장 몇 년 전으로 시간을 돌려놓았을 텐데. 어떻게든 그 일이 일어나지 않게 했을 텐데.

"아빠? 엄마?"

밀라는 머리를 부엌 쪽으로 들이밀고 두리번거렸지만 인기척이 없었다. 오븐은 꺼져 있었고, 가스 불 위에서 끓고 있는 냄비도 없었다. 탁자 위에는 큼직한 유리 문진이 서류 뭉치들 위에 놓여 있었다. 밀라는 아무 생각 없이 유리 문진을 눈 가까이에 대고 들여다보았다. 투명한 유리 안에서 작은 오렌지색 소용돌이들이 떠다니고 있었다. 어렸을 때 생피에르 광장의 회전목마 가까이에서 엄마가 사 주던 솜사탕이 떠올랐다. 밀라는 천천히 서류 위에 다시 문진을 올려놓았다. 10년 전쯤 아빠가 만든 조각인 게 분명했다. 그런 작품을 만드는 아빠를 본 지 너무 오래되었다.

거실로 들어서니 활짝 열린 창문으로 장밋빛과 보랏빛이 어우러진 늦은 오후의 빛이 한꺼번에 쏟아져 들어오고 있었다. 밀라가 거실 한가운데 테라코타 타일을 보호하려고 덮어 놓은 신문지 한쪽을 밟는 바람에 종이 찢기는 소리가 났다.

밀라는 뒤를 돌아보며 거실의 수리 작업에 관심을 돌리려고 했다. 꽤 일이 진척되어 가고 있었다. 거실의 세 벽면 모두 흰색으로 깨끗하게 칠해져 있었다. 창이 달린 마지막 벽은 액자 틀처럼 창문 가장자리를 두 개의 커다란 푸른색 밴드로 처리해 놓아서 그런지 테라스의 광경이 한결 돋보였다. 효과가 꽤 성공적인 편이었다. 거실 공간이 자연과 조화를 이루고 있었다. 아빠의 아이디어였겠지.

"아빠? 엄마?"

밀라는 자기 목소리가 깊은 우물에 돌을 던진 듯 크게 울리는 것만 같았다. 아무 대답도 없었다. 재빨리 2층에 올라가 방들을 살펴보았다. 덧문마다 굳게 닫혀 있었는데도 한낮의 열기가 방들을 침범하고 있었다. 공기는 조금의 미동도 없었고, 가구마저 무기력해 보였다.

2층에도 부모님의 모습은 보이지 않았다.

계단을 내려오는데, 밀라는 어깨를 짓누르는 차가운 기운이 천천히 두 팔까지 내려오는 게 느껴졌다.

만일…….

만일…….

밀라는 다시 거실을 가로질렀다. 달려가다 발에 신문지 조각이 걸리자 걷어 내고 다시 뛰었다.

이어 황금빛으로 완전히 물든 테라스로 나가 보았다. 겁도 없는지 갈매기 두 마리가 그녀를 뚫어지게 바라보다 요란스러운 울음소리를 내며 날아갔다.

밀라는 입술을 지그시 깨물었다. 구급차가 다급하게 달려가진 않았는데. 밀라는 울음을 삼키고 불안감을 진정시키려 애썼다. 여기저기 기웃거리며 안심할 수 있는 사인들을 찾으려고 했다.

집 안을 아무리 둘러봐도 황급히 나간 흔적은 없었다. 페인트 통 뚜껑은 제대로 잘 닫혀 있었고, 붓과 롤러도 하얀 스피릿*을 담아 놓은 통에 담겨 있었다. 자동차는 차고에 있었고, 아빠 전화도 현관 콘솔 위에 가지런히 놓여 있었다. 엄마의 대나무 백도 옷걸이에 얌전히 걸려 있었다.

* 스피릿 페인트 등의 용재.

모든 것이 예전과 다르지 않았다. 잠시 산책하러 나간 게 분명했다.

밀라는 부엌으로 가서 냉장고를 열고 사이다 캔을 집어 들었다.

그러고는 조리대 위에서 딱 하는 소리를 내면서 캔을 따서 사이다

몇 모금을 들이켰다.

하여간 어른들은 제멋대로라니까.

언젠가 밀라 역시 이 모든 걸 넘어서야겠지만.

11장

엄마가 밀라가 내미는 접시를 받아 들며 물었다.

"그래서 오늘 재미있었니?"

밀라는 고개를 끄덕이며 미소를 지으려고 했지만 입안에 브루스케타*를 잔뜩 물고 있어서 그럴 수 없었다. 세 사람 모두 탁자에 둘러앉았다. 밀라는 갑자기 배가 고파졌다. 자전거를 너무 오래 타서인지, 엄마가 평소와 다르지 않다는 걸 확인해서인지 그 이유는 알 수 없었다. 아니, 단지 엄마를 다시 볼 수 있어서 그런 건지도.

부모님은 해가 막 넘어가고 날이 어둑해지기 시작할 무렵에 돌아왔다. 밀라는 우두커니 테라스 벤치에 앉아 엄마 아빠를 기다렸다. 뭘 해야 할지 도무지 아무것도 손에 잡히질 않았다. 한순간 가슴을 쓸어 내는 불안감이 몰려왔다. 밀라는 수없이 인노첸티의 신데렐라를 되짚어 보았다. 하지만 어느 페이지를 넘기고 있는지는 말할 수

*브루스케타 바게트에 치즈·과일·채소·소스 등을 얹은 요리.

없었다.

바다 쪽으로 길게 뻗어 있는 길 위로 갈색의 가느다란 실루엣 두 개가 먼저 나타났다. 실루엣 둘이 서로 손을 잡고 울퉁불퉁한 암석들을 조심스럽게 디뎌 가며 천천히 앞으로 걸어 나왔다.

잠시 뒤 밀라는 불안감에서 해방될 수 있었다. 언제 불안에 떨었나 싶을 정도로 혼란스럽던 머릿속이 제자리를 찾아갔다. 엄마 아빠는 낙조를 보러 갔던 것이었다. 왜 밀라는 안 좋은 일들을 상상했던 걸까?

"오늘 뭐 했는데? 얘기 좀 해 봐. 초록 말을 타고 어디까지 갔다 왔는데?" 아빠가 가벼운 말투로 물었다.

밀라는 파올라와의 만남이 기대했던 것보다 엄청나게 좋았다고 고백하고 싶지 않았다. 속마음은 숨겨 둔 채 대충 간추려 얘기했다.

밀라가 코스타 빵 가게 문을 열고 들어간 건 거의 정오 무렵이었다. 파올라는 일이 끝날 때까지 기다려 달라고 했다. 그러고 나서 같이 샌드위치를 먹자고 제안했다. 밀라는 자기가 수줍어한다거나 사교성이 없는 아이라는 인상을 주지 않으려고 그렇게 하겠다고 했다. 하지만 사실은 파올라와 많은 얘기를 하고 싶었기 때문에 제안을 받아들였던 것이었다. 같이 있기만 해도 좋을 것 같았다.

밀라는 자전거를 타고 항구 쪽을 돌아보기로 했다. 트롤선 어부들이 일을 끝내고 항구로 들어오기 시작하는 시간이었다. 다리에는 여전히 물이 뚝뚝 흐르는 젖은 그물과 무엇인가로 가득 차 묵직해 보이는 스티롤수지 상자들이 뒤죽박죽 쌓여 있었다. 밀라는 군데 군데 페인트가 벗겨진 정박지에 앉아 감탄의 눈길로 하역 작업을 바라보았다. 선착지에는 여자들 한 무리가 모여 있었는데, 그들은 화물을 내리는 작업을 엄숙한 태도로 기다리고 있었다. 그러더니 이내 능숙한 손놀림으로 바다에서 건져 올린 제물들을 분류하기 시작했다. 어부들은 물로 깨끗이 배 안을 쓸어 내고, 장비들도 정돈했다. 피로에 젖은 그들의 이마에는 열정의 땀방울이 흘러내리기도 했지만, 계속 반복되는 작업을 지루해하는 것 같았다.

여자들은 광부가 갱도에서 소형 마차를 끌고 가듯 정어리, 멸치, 쏨뱅이로 가득 찬 궤짝을 굴리면서 경매장으로 향했다. 그 모습을 보자 밀라는 파올라와의 약속이 떠올라 자리에서 일어섰다. 파올라를 만난 게 무척 기뻤지만 그러면서도 혼자 조용히 하루를 보냈어도 좋았겠다는 생각도 들었다. 다행히 파올라와 있으면 불편할 것 같지 않았다. 너무 많은 추억을 공유한 어릴 적 친구들과 달리 오히려 편안할 것 같았다. 무엇보다 동정 어린 눈길을 견디지 않아도 될 테니. 어쩌면 이미 밀라의 불행에 대해 조금은 알고 있을지 모르지만.

오후 1시 30분, 밀라는 마을 성당 앞, 화강석으로 된 낮은 담벼락 위에 앉아 있었다. 성당 안에서 만나자고 약속했지만 들어가고 싶지 않았다. 그냥 밖에서 지나가는 사람들의 몸짓, 얼굴 그리고 옷차림 뒤에 감춰진 다양한 삶의 모습을 상상하며 파올라를 기다리기로 했다. 곱슬머리에 키가 큰 저 여자는 어쩌면 아빠하고 같은 반 학생이 었는지도 몰라. 바람에 떨리는 올리브 나뭇잎 그늘 아래서 첫 키스를 나누었을지도. 그리고 저 여자는 휴가 온 게 분명해. 네덜란드 여자 같은데. 외국인들은 람페두사 섬을 어떻게 생각할까?

파올라가 혼자 온 걸 보고 밀라는 안심이 되었다. 손에는 리본이 달린 작은 상자가 들려 있었다. 둘은 서로 인사하고 미니 피자와 마스팽을 함께 먹었다. 파올라는 열아홉 살이라고 했다. 밀라노의 브레라 화랑 근처에 살고 있고, 매해 여름방학은 람페두사에 와서 보낸다고 했다.

밀라는 파올라의 얼굴을 자세히 살폈다. 얼굴이 예쁠 뿐만 아니라 말과 태도에 배어 있는 고요함이 감탄스러웠다. 파올라는 무척이나 자연스럽게 그냥 그 자리에 있어 주었다. 세상을 살아가는, 분명하고 평온한 자신만의 방식이 있는 듯했다. 밀라는 가슴이 아릴 정도로 그 모습이 부러웠다. 파올라 앞에 서니 자신이 얼마나 갇혀 지냈는지 알 수 있었다. 밀라는 매일 자신의 모습을 지워 내고, 파올라의 두 눈에 비친 세상을 살아 보고 싶다는 마음마저 들었다.

아빠가 색깔이 있는 유리잔에 포도주를 조금씩 따랐다. 손에는 푸른색 페인트 자국이 묻어 있었다.

"그래서 지나 아주머니 말대로 그 아이가 람페두사를 잘 알고 있었니?"

"네. 지나 아주머니 집에서 오래 지낸 거 같지 않은데도 계속 살았던 것처럼 아주 잘 알고 있더라고요. 지도에 나오지 않는 곳들도 잘 알고 있고, 바닷속 비밀 동굴이며 전설이나 오랜 전통 얘기도 해 주

었어요. 심지어 마을 사람들 간의 오랜 갈등에 대해서도 얘기해 주
던걸요. 어쩌면 아빠보다 람페두사를 더 잘 알고 있는지도 몰라요!"

"그럴 수 있지." 아빠는 포도주 잔을 빙글빙글 돌리다 한쪽으로
기울여 향을 맡으며 대답했다.

이어 천천히 한 모금 마시고는 재미있다는 듯 살짝 빈정거렸다.

"그렇다면 네가 불쌍한 이 아빠를 형편없는 무지에서 구해 주렴!"

밀라가 미소 지었다.

"음, 글쎄요. 두고 보죠 뭐. 어쨌든 파올라 그 아이는 묘한 구석이
있어요."

"어떻게?" 엄마가 물었다.

"잘 모르겠어요. 뭐랄까. 그 아이와 있으면 마음이 차분해져요."

"또래 친구인데 안 그러면 오히려 이상하지."

아빠는 다시 진지한 얼굴 표정을 지으며 안경 너머로 밀라를 뚫어
지게 바라보았다.

밀라는 눈길을 돌리고 물을 한 모금 마셨다.

"아빠 말이 옳아요. 하지만 그런 것만 있는 건 아니에요. 어떻게
말해야 할지 잘 모르겠는데, 뭔가 나를 끌어들이는 매력이 있어요.
그게 다예요."

엄마가 물었다.

"그 아이 다시 만나고 싶니?"

밀라는 의자 등받이에 몸을 기댄 채 어깨를 으쓱해 보였다.

"잘 모르겠어요. 좀 지나면 알게 되겠죠."

피에트로스, 스무 살

사막에서 기도하라. 그것 외에 네가 할 수 있는 것은 아무것도 없다.

이제 더 이상 낮도, 밤도 없다. 과거도, 미래도 없다. 나라도 없다. 수단이든 리비아든 사하라사막은 언제나 똑같다. 네가 에리트레아 출신이든 소말리아 혹은 에티오피아 출신이든, 네가 열두 살이든 마흔 살이든, 네 현실은 이제 서른 명의 이민자들과 3제곱미터의 비좁은 공간에 갇혀 있을 뿐이다. 찌그러진 랜드크루저*의 뒷좌석에.

너는 이 세계를 너무 잘 알고 있다. 벨벳 좌석에 난 구멍 속에 네 손가락을 쑤셔 넣으면 그대로 가루처럼 부서지는 망사를 느낄 수 있을 것이다. 공간을 조금이라도 더 확보하기 위해 운전사 좌석은 아예 들어냈다. 곳곳에 플라스틱이나 철판에 조각을 새겨 놓은 흔적이 보인다. 너 이전에 탈출하려고 했던 이들이 남긴 흔적일 테지. 네 팔에

---

*랜드크루저 일본의 도요타 자동차 회사에서 생산되고 있는 4륜 구동 SUV.

다른 사람의 살이 와 닿는다. 그들의 뜨거운 입김과 불평들 혹은 가끔 새어 나오는 신랄한 폭언들이 뒤섞인다. 플라스틱 석유통 안쪽 벽에 물이 부딪치며 출렁거린다. 성난 작은 바다, 근원의 샘과 단절된 바다다. 누구도 충분히 마실 수 없을 만큼만 있다.

어디선가 지저분하고, 시큼한 짐승 냄새가 난다. 너한테 나는 냄새인지도 모른다. 이미 오래전부터 맡아선지 그다지 불편할 것도 없다. 이따금씩 차바퀴가 헛돌면서 모터에서 이상한 신음 소리가 나곤 했다. "다들 내려 봐. 같이 밀어야겠어." 서른 개의 심장은 지프차의 헤드라이트 불빛을 받으며 완벽하게 하나가 되어 공포감에 휩싸인다. 만일 그들이 밀매상이면 뭘 가져가려 할까? 돈? 눈? 신장?

모래가 곳곳에 스며든다. 두 눈은 불타오르고, 목 안은 너무 말라 나무껍질로 변한 것만 같다. 한낮의 뜨거운 열기로 인해 밤이 되면 무기력해진다. 밤의 매서운 추위를 견디고 나면 또다시 대낮에 무기력해진다. 수척해진 네 몸을 보고 싶지 않겠지만 네 눈은 길을 가는 내내 그 모습에 매달린다. 손가락으로 묵주 알을 돌리며 기도한다. "전능하신 신이시여, 내가 다음 차례가 되지 않기만을."

언덕이 너무 가파르면 발로 걸어 올라간다.

누군가 죽으면 그대로 던져 버린다.

네 번째 사람이 죽어 나가도 너는 결코 익숙해지지 않는다. 끔찍한 일이다. 왜냐하면 너는 방금 3제곱미터의 공간이 좀 덜 죄여 오는 걸 느끼고 있으니.

12장

갑자기 전화벨 소리가 요란하게 울리면서 고요하던 주위 공기가 파르르 떨렸다. 테라스에서 바다거북 진료소에 관한 홍보물을 보고 있던 밀라까지 공기의 진동을 느낄 정도였다. 하루 종일 페달을 밟으며 달려선지 두 다리가 움직일 수 없을 만큼 딱딱하게 굳었다. 그래도 기분은 좋았다. 밀라는 눈을 뜨고 엄마를 바라보았다. 엄마는 일광욕을 끝내고 얼마 전 흰색과 붉은색 아마릴리스를 새로 심은 화분 아래에 읽고 있던 소설책을 내려놓고 막 일어서던 참이었다.

밀라는 팔꿈치로 바닥을 디디며 자리에서 일어섰다. 누구 전화지? 섬에 도착한 이후 전화벨은 딱 한 번 울렸을 뿐이었다. 로마에서 구입한 롤러와 페인트가 지금 막 배로 도착했다며 배달원이 건 전화가 전부였다. 아빠가 알려 준 핸드폰 번호가 택배 전표에 제대로 기입되지 않아, 배달 증서를 일일이 뒤져 겨우 집 전화를 알게 되었다면서 온갖 불평을 늘어놓았다.

잠시 뒤 엄마가 테라스로 돌아왔다.

"너한테 온 전화야."

"나한테요?"

엄마가 고개를 끄덕거렸다. 밀라는 벤치에 걸터앉아 엄마의 얼굴을 꼼짝하지 않고 바라보았다.

엄마가 웃기 시작했다.

"그렇다니까. 전화선을 여기까지 끌고 올 수 없으니 빨리 가서 받아 보렴."

밀라는 어깨를 으쓱해 보이고는 자리에서 일어섰다. 아무렇지도 않은 듯 행동했지만 기분이 무척 좋았다. 엄마가 농담을 하는 게 정말 듣기 좋았다.

밀라는 눈썹을 잔뜩 찡그리며 수화기를 귀에 댔다.

"여보세요?"

"여보세요? 밀라니? 나 파올라야."

밀라는 깜짝 놀랐다. 이내 가슴이 뭉클해졌다. 파올라와 만난 이후로 3일째 되는 날이었다. 둘의 관계가 더 이상 가까워지지 않을 거라고 생각하고 있었다. 파올라가 시간이 나면 전화하겠다고, 같이 산책도 하고 놀러 가자고 했다. 하지만 그녀의 제안을 그다지 진지하게 받아들이지 않고 있었다. 예의상 한 말이라고, 지나 아주머니가 당부해서 그냥 했을지 모른다고 생각했다.

"그게, 불쌍하잖니. 그 아이 혼자 지내느라 꽤 심심해하고 있을 거야. 게다가 그 아이 아빠한테 너랑 만나게 해 주겠다고 약속했거든. 그 가족이 겪은 일을 생각하면⋯⋯. 그러니 숙모를 위해 한 번은 그 아이 데리고 바람 좀 쐬어 주렴."

한편으로는 무척이나 우아하고 차분해 보이는 그녀를 다시 보고 싶지 않은 건 아닌지 확신이 서질 않았다. 서로 비교되는 게 마음에 들지 않아서 말이다.

"아, 파올라구나! 안녕. 어…… 잘 지냈니?"

"잘 지냈지. 너는? 네 소식 기다렸는데!"

파올라의 목소리는 조용하면서도 활력이 넘쳤다. 밀라는 그녀의 목소리에 거짓됨이 없다는 것을 느낄 수 있었다. 밀라는 전화기 옆에 놓여 있는 산호 손잡이가 달린 페이퍼 나이프를 집어 손가락 사이에 끼고 장난을 쳤다.

"그래. 너한테 전화하려고 했어. 그런데 내가 좀 요즘…… 며칠 정신없이 바빴거든."

"지금은 어때? 내가 괜히 방해하는 거 아니야? 다음에 전화할 까?"

밀라는 고개를 흔들었다. 그러고는 페이퍼 나이프의 뾰족한 끝으로 두툼한 메모장을 콕콕 찍었다.

"아니야. 괜찮아. 전혀 그런 거 아니야."

"그럼 다행이네. 지난번에 만난 뒤 어떻게 지냈어? 산책할 시간은 충분히 있었어?"

밀라는 고개를 끄덕였다. 요 며칠 어떤 모험을 하며 지냈는지 간단하게 얘기해 주었다. 섬 얘기를 하는 건 언제나 즐거웠다. 늘 열정을 가지고 얘기하고 싶은 주제였다. 이틀 전, 밀라는 타바카라 동굴까지 자전거를 타고 갔다. 그러고는 해변에서 꽤 멀리까지 헤엄쳐 갔다. 근처 바다에서 자주 나타난다는 돌고래를 볼 수 있지 않을까 은근히 기대하면서. 돌고래는 보지 못했지만 엄청나게 커다란 거북이 카레타 카레타를 볼 수 있었다. 너무 갑작스러운 일이라 거북이가 뿜어 대는 물벼락을 흠뻑 맞고는 거의 숨이 막힐 뻔했다.

밀라는 항구 뒤쪽 골목길도 돌아보았다. 파올라가 자세히 얘기해 준 곳이었다. 밀라는 짙은 색 장화를 신은 어부들이 들락거리는 오래된 바에 들어가 자리를 잡았다. 그들의 영웅담에 귀를 기울였다. 요즘 정어리 가격이 내렸다는 얘기며, 여자들은 하나같이 자기들을 못살게 굴려고 태어난 게 분명하다는 얘기를 들으며 맥주를 마셨다.

"훌륭한걸. 네 부모님이 날 못마땅하게 여길까 봐 걱정이야. 네가 너무 바빠서 부모님이 너와 지낼 시간이 없었겠는걸. 그래서 모험은 어땠어? 맘에 들었어?" 파올라가 재미있어 하며 물었다.

늘 진지하고 조용한 목소리였다. 그대로 빨려 들어갈 것 같은 그런 목소리였다.

"그럼. 좋은 제안해 줘서 고맙지." 밀라가 대답했다.

수화기 저쪽에서 잠깐 침묵이 흘렀다. 밀라는 소파에 앉아 있는 파올라가 어떤 얼굴을 하고 있을지 상상해 보았다. 소파 색은 아마 빨간색, 초록색, 파란색이겠지. 아니 어쩌면 이 세 가지 색이 혼합되어 있을지도 모른다.

"그런데, 나 내일 쉬는 날이야. 친구들하고 바닷가로 나들이 갈 건데, 같이 갈래?"

밀라는 잠시 머뭇거렸다. 거절할 이유는 전혀 없었다. 파올라의 친구들이 어떤 아이들인지 모른다는 것만 조금 걸릴 뿐. 파올라가 말했다.

"걱정하지 마. 내 친구들 다 좋아. 착하고 친절해."

"그래. 좋아."

"세카 곶보다 좀 더 멀리 가 보기로 했어. 괜찮으면 내가 스쿠터로 널 데리러 갈게."

"그래. 근데 내가 어디 사는지 알아?"

"알지. 지나 숙모하고 지난번에 가 봤어. 너희 가족 온다고 해서. 꽃도 꽂아 두고."

밀라는 파올라가 집 안에서 왔다 갔다 하는 모습을 상상해 보았다. 옷장도 열어 보고, 침대 시트 냄새도 맡고, 가구와 오래된 장식들을 살펴보았겠지.

"그럼 10시에 만날까? 괜찮아?"

13장

파올라는 스쿠터 양쪽 손잡이에 헬멧 두 개를 하나씩 매달아 놓고 발로 세게 지지대를 밟아 고정시켰다. 이어 한 손으로 머리를 모았다가 어깨 위로 출렁거리게 풀어 헤쳤다. 귀에 매달린 장밋빛 진주 귀걸이가 반짝거렸다.

"여기서 가까운 곳이야. 가 보면 알 거야. 오래 걸리지 않을 거야."

밀라는 고개를 끄덕거리고는 주위를 돌아보았다. 옆으로 작은 주차장 한가운데 렌터카 한 대가 햇빛을 받으며 세워져 있는 게 보였다. 특별한 기억을 떠올리게 하는 장소는 아니었다. 그래도 밀라는 혹시 이 장소와 연관된 추억이 없을까, 기억을 더듬어 보았다. 아무생각도 떠오르지 않았다. 그때 파올라가 갑자기 유턴을 하더니 이주차장에 스쿠터를 세우는 것이었다. 세카 곶 쪽으로 계속 달려갈거라고 생각했는데.

밀라는 조심스럽게 발을 내딛는 파올라를 뒤따라 걸어갔다. 파올라는 무궁화꽃, 소나무, 월계수, 장미꽃으로 무성한 오솔길을 한참

앞장서서 걸어갔다. 그녀는 붉은 콩 무늬의 하늘거리는 원피스를 입고 있었는데, 50년대에나 볼 수 있는 옷차림인데도 왠지 신선해 보였다. 게다가 그녀는 신기하게도 전혀 땀을 흘리지 않고 있었다. 밀라는 한 손으로 축축해진 머리칼을 훑었다. 헬멧 때문에 머리가 완전히 짓눌렸다. 파올라 친구들을 처음 만나는데 살짝 신경이 쓰였다.

"자, 여기 좀 봐. 다 왔어. 포르토 살보* 마돈나를 모셔 둔 지성소야. 항해자들이 추앙하는 마돈나지. 내가 정말 좋아하는 곳이야."

밀라와 파올라는 흰 자갈들이 깔린 성소 안뜰로 들어섰다. 온갖 식물들로 가득한 정원 안쪽에 숨어 있는 것처럼 보였다. 한쪽 구석에는 커다란 바위들이 자연스럽게 벽을 이루고 있었는데, 그 우윳빛 바위에 소성당의 정면 장식들이 예쁘게 새겨져 있었다. 밝고 쾌활한 터치의 조각들이 마치 인형의 집을 보는 것 같았다.

"매년 마을에서 이곳까지 수백 명의 행렬이 이어져. 모두들 꽃마차에 세워 놓은 마돈나 성화 앞에서 기도하고 노래를 하지. 보고만 있어도 숭고한 기운이 느껴져. 어렸을 때 이런 행렬 본 기억 없어?"

밀라는 고개를 저었다. 밀라는 일곱 살 때 나폴리에서 부활절 바로 전 성주간 동안 속죄 행렬을 본 게 전부였다. 장례 행렬을 알리는 음악 소리에 맞춰 수많은 군중들이 검은 모자를 반쯤 눌러쓰고 회개하는 얼굴로 앞으로 나아갔다. 떨리는 양초 빛이 거리를 가득 메웠다. 그날 이후 밀라는 오랫동안 밤마다 악몽에 시달려야 했다.

*포르토 살보 프랑스어로 구원의 항구라는 뜻.

파올라가 머리를 살짝 돌려 성당 안으로 자기를 따라오라는 사인을 보냈다.

"안으로 들어가 보자. 늘 문을 열어 놓거든. 선원 아내들이 이곳에 와서 기도를 드리지. 성모마리아께 바다로 나간 남편들을 제발 무사히 돌려보내 달라고 기도를 드리는 거야."

파올라가 나무문을 밀자 차가운 공기가 갑자기 밀려왔다.

밀라는 몇 발짝 안으로 들여놓은 뒤 두 눈이 어둠에 익숙해질 때까지 기다렸다.

성당 안은 고요함이 무겁게 내려앉아 있었다. 맨 앞줄에서 무릎을 꿇고 기도를 드리는 여인들의 중얼거림만이 간간이 들려올 뿐이었다. 밀라는 성당 안에 흐르는 묵직한 기운과 흔들거리는 양초의 불빛을 별로 좋아하지 않았다. 어두운 명화 속의 두려움에 휩싸인 얼굴들이 계속 뒤따라올 것 같았다.

밀라는 빠른 걸음으로 성당 안을 둘러보았다. 밖으로 나가고 싶은 생각밖에 없었다. 샌들 소리를 내지 않으려고 애쓰면서 벽에 걸려 있는 그림들을 쳐다보았다. 오랜 시간 사람들의 눈길에 닳아 버린 골고다의 길을 그린 그림이었다.

밀라는 중앙 홀 끝 쪽에 있는 마돈나 성상 앞에 깜짝 놀라 우뚝 멈춰 섰다. 두 눈을 들어 마돈나의 얼굴을 올려다보았다. 하얀 석고상의 눈길을 받으며 어떤 감정이 이는지 자신의 마음을 살폈다. 하지만 아무리 기억을 더듬어 봐도 밀라는 그 어떤 종교에도 진한 감동을 느낀 적이 없었고, 그저 이해할 수 없는 것들투성이라는 생각밖에 없었다.

그때 제단 앞에 무릎을 꿇고 있는 파올라를 보고 깜짝 놀랐다. 그녀의 원피스가 마치 제물로 바친 꽃잎처럼 펼쳐져 있었다. 그녀는 기도를 하고 있었다.

밀라는 얼른 눈길을 출구 쪽으로 돌렸다. 파올라의 신앙심에 조금 당황스러웠다. 성당은 노인들만 찾아와 기도하는 곳이라고 생각했는데.

파올라는 정말 알 수 없는 아이였다. 밀라는 성당 문을 열고 나왔다. 파올라는 정말 기도를 드리고 싶어서 이곳에 멈춘 걸까?

"이쪽으로 계속 가면 돼."

밀라는 암벽 위로 걸어가는 파올라 뒤를 따라 작은 나무 탁자가 놓여 있는 나들이 장소까지 갔다. 오른쪽 탁자에 모자를 쓴 관광객 부부가 안내 책자를 들여다보며 달걀 껍질을 벗기고 있었다. 후덥지근한 날이라 그런지 비릿한 냄새에 코끝이 찡그러졌다.

파올라는 빈 테이블을 찾아 자리 잡고 앉았다. 테이블 한쪽에 벤치가 놓여 있었는데, 파올라의 지정석처럼 느껴졌다. 밀라는 배낭 지퍼가 잘 열리지 않아 힘을 주고 있었다. ―왜 창피스러운 이런 일은 잘 보이고 싶은 상대를 만날 때만 일어나는 건지…….

"여기 자주 오니?" 밀라가 호기심 어린 표정으로 물었다.

파올라의 다갈색 빛으로 반짝이는 머리카락이 살랑거렸다.

"응. 꽤 자주 오는 편이야. 이곳은 왠지 특별한 기운이 느껴져."

그녀는 미소 지으며 대답했다.

"람페두사 사람들은 이곳이 이 섬의 영혼과도 같은 곳이라고 말해. 제4차 십자군 전쟁 무렵 아프리카와 유럽의 교량지였던 이 섬은 오랫동안 해적과 일반 선원들에게 쉼터의 역할을 해 주었지. 어떤 신을 믿는지에 상관없이 그들은 이곳에 와서 기도를 드렸어. 평온한 바다를 느끼기 위해 이곳에 왔지. 게다가 마을 사람들은 난파되어 바닷가로 쓸려 온 이들을 위해 이곳에 식량을 두고 가곤 했거든. 구원, 구호, 피난처라는 람페두사의 명성은 바로 거기에서 비롯된 거야. 누구든 이곳에 올 수 있다는 뜻이지. 예를 들어 지금 우리가 서 있는 이곳은 무슬림들이 기도하는 곳이야."

밀라는 미지근해진 물 한 모금을 마시면서 가만가만 고개를 끄덕거렸다. 파올라의 말에는 밀라가 원했던 것들이 그대로 들어 있었다. 람페두사가 피난처가 되어 주기를 간절히 바랐던 밀라가 아닌가.

파올라는 잠시 침묵하다 빠른 손놀림으로 머리를 땋기 시작했다.

"요즘도 바닷가로 밀려오는 난파선이 있대. 직접 보진 못했지만. 1년에 한 달 반 정도만 머물다 가니 자세히 살펴보기에는 너무 짧은 시간이긴 해. 지나 숙모가 얘기해 줘서 아는 거야."

"그래?" 밀라가 놀라서 대답했다. "지나 아주머니가 소말리아 해적들을 본 적이 있대?"

밀라는 예전에 우연히 관련 기사를 본 기억이 났다. 해적들이 어떻게 이런 곳까지 밀려올 수 있는지 잘 상상이 되지 않았다. 특히 그들은 최첨단 항해 기술과 장비들을 모두 갖추고 있을 텐데 말이다.

밀라는 파올라가 슬그머니 웃는 걸 보고 얼굴이 화끈 달아올랐다.

"아니, 해적이 아니야. 그보다 더 슬픈 일이지. 그들은 아프리카 북동부 지역 사람들인데, 자기 나라에서 도망쳐 온 거야. 대륙으로 가는 길에 잘못해서 이곳으로 밀려 들어온 거지. 그런 얘기 한 번도 들어 본 적 없어?"

밀라는 고개를 끄덕거렸다. 하지만 자신이 이런 일들에 너무 무지 하다는 사실을 애써 감추려 했다.

"들어 보긴 했는데……."

사실 밀라는 그 주제에 대해 별로 아는 게 없었다. 고등학교 때도 아프리카의 뿔* 얘기를 들어 본 기억이 없었다. 어떤 나라들을 말하 는 거지? 신문을 다시 제대로 읽기 시작해야 하는 건가? 아빠의 흘 러간 로큰롤 시디나 레드 핫 칠리 페퍼스 대신 라디오를 들어야 할 까?

밀라는 다른 얘기로 주제를 돌리고 싶었지만 파올라는 아랑곳하 지 않고 이야기를 계속 이어 갔다.

"그들은 위험을 무릅쓰고 탈출하는 거야. 90년대에 들어서부터 말이야. 한번은 지나 숙모가 아이들하고 바닷가에 있었는데 고기잡 이배 하나가 해변에 밀려 들어왔대. 관광객들이 많이 모여 있었는

＊아프리카의 뿔 아프리카 북동부 10개국을 일컫는데, 지도 상의 모양 때문에 아프리카의 뿔 이라고 불린다. 에티오피아, 소말리아, 에리트레아, 지부티, 수단, 부룬디, 케냐, 르완다, 탄자니 아, 우간다.

데 그들이 어디서 오는지 아무도 알지 못했다고 해. 신분증도 돈도 아무것도 가지고 있는 게 없었다니까. 엄청 더운 날이었는데도 다들 추위에 벌벌 떨었다나 봐. 그중 한 여자가 아이의 몸을 덥혀 주려고 바싹 옆에 누워 있었대. 그들의 눈을 결코 잊을 수 없을 거라고 숙모가 말했어. 이미 여러 번 죽음의 문턱까지 가 본 사람들의 모습이었다고. 서로 다른 두 개의 세계가 갑자기 충돌한 것만 같았대."

밀라는 파올라가 얘기하는 장면을 떠올려 보려고 애를 썼다. 해변, 태양, 사람들로 가득한 작은 고기잡이배, 하지만 잘 그려지지 않았다. 어딘가 이상하고, 말도 안 되는 것 같았다. 이 해변과 결코 어울리지 않는 장면이었다. 가족이 오래전부터 뿌리를 내리고 살아온 섬, 이렇게 고요하고 품격마저 느껴지는 섬, 밀라가 여름 한철만이라도 구원의 힘을 얻으려고 하는 이 섬과는 전혀 어울리지 않는 모습이었다.

파올라가 다시 말을 이었다. "어부들이 시체를 발견한 적도 있대."

그녀는 머리를 들어 밀라를 쳐다보며 말했다.

"공동묘지에 가 보면 이름도 없이 십자가만 꽂혀 있는 묘들이 있어. 그들이 발견된 날짜만 적어 놓은 거야. 본 적 없어?"

밀라는 고개를 흔들었다. 이 섬에 도착한 날 할머니 무덤에 꽃을 들고 갔다. 작은 묘지였는데, 파올라가 말한 그런 무덤은 보지 못했다.

몇 분 동안 둘은 아무 말도 하지 않았다. 파올라는 벤치에 돌아앉더니 두 다리를 모아 하얀 두 팔로 감싸 안았다.

"토끼 해변 앞, 바닷속에 마돈나 조각상이 있어. 높이가 14미터나 되는데 물이 워낙 맑아서 환하게 들여다보여. 산소통을 메고 바다 밑에 내려가지 않아도 볼 수 있지. 정말 품위가 느껴지는 성상이야. 바닷속 모래 위 두 팔에 아기를 안고 있는 마돈나는 어부와 밀항자들의 생명을 위해 바다에 자신을 재물로 바친 듯 그렇게 서 있지. 언젠가 네가 원하면 데려다줄게. 바다에 수장시키기 전에 요한 바오로 2세 교황이 축원을 본다고 해. 그리고……."

파올라의 말이 더 이상 잘 들리지 않았다. 파올라 뒤쪽에 한 가족이 탁자에 둘러앉아 웅성거리고 있었다.

남자는 푸른색 배낭을 메고 있었고, 청바지 차림의 소녀는 너무 땀을 흘리며 걸어서 그런지 기분이 별로 좋아 보이지 않았다. 그 옆에 흑색 머리에 키가 큰 여자가 한 손으로 줄무늬 반바지를 입은 꼬마 남자아이를 끌어당기고 있었다. 그들은 한창 재미있는 얘기에 푹 빠져 있었다.

밀라는 침을 삼켰다. 그러고는 또다시 파올라를 뚫어지게 바라보았다. 가지런한 아치 모양의 눈썹이 도드라지는 두 눈으로 놀란 표정을 지으며 밀라를 바라보았다.

"밀라, 괜찮아?"

"음……."

"많이 안 좋아 보여. 어디 아파?"

밀라는 자리에서 일어나다 나무 벤치에 한쪽 무릎을 부딪쳤다.

"아니야, 괜찮아. 이제 친구들한테 가 봐야 하지 않아?"

파올라는 약간 거리감이 느껴지는 밀라의 말투에 의아한 표정을 지어 보였다. 다행히 파올라가 다른 질문은 하지 않았다.

"그래. 가 봐야지. 친구들한테 가 보자."

잠시 뒤 스쿠터에 올라타기 전에 밀라가 물었다.

"파올라, 7월 18일에 특별한 약속 없으면 시간 내줄 수 있어?"

14장

파올라는 큼직한 노란색 돗자리에 앉아 있는 소년 곁에 다가서더니 우뚝 멈춰 섰다. 소년은 귀에 이어폰을 꽂은 채 바다를 응시하고 있었다. 불규칙한 리듬으로 고개를 까닥거리고 있었다. 무슨 노래를 듣고 있는 걸까. 밀라는 어떤 음악을 좋아하는지를 알면 그 사람의 성향을 짐작해 볼 수 있다고 생각했다. 밀라가 절대 좋아할 수 없는 음악이 두 종류 있다. 랩과 소프라노.

파올라는 소년에게 가까이 다가가 무릎을 꿇고 앉았다.

"안녕 위고, 잘 지냈지?"

그가 파올라를 알아보고는 밝게 웃었다. 옆모습만 보면—밀라는 한 발 물러나 있었다—운동선수 같았다. 이두근이 온통 문신으로 덮여 있었다. 겉치레만 신경 쓰고 진지한 구석이 없는 가벼운 아이인가. 방은 보디빌더 스타 사진으로 도배하고. 밀라는 갑자기 그의 얼굴이 궁금해졌다. 위고는 재빨리 이어폰을 빼고 반갑게 맞이했다.

"헤이! 파올라! 너 여기서 뭐 하고 있어? 언제 온 거야?"

"밀라하고 주변 산책하고 있었어. 참, 여기는 밀라야, 얘는 위고 튀시오야. 서로 인사해. 위고는 100퍼센트 람페두사 사람이야."

"그게 얼마나 자랑스러운 일인데그래. 이탈리아 피는 한 방울도 안 섞였다니까." 그는 파올라를 자기 쪽으로 끌어당기며 장난하듯 툭 쳤다. 파올라가 웃으면서 재빨리 몸을 빼냈다.

밀라는 앞으로 한 발 나아가 약간 어색한 표정을 지으며 인사했다. 위고는 밝게 웃으며 곧바로 인사했다. 상대를 머리에서 발끝까지 훑지 않는 모습을 보며 밀라는 왠지 마음이 편안했다. 검은 눈에 여자처럼 긴 속눈썹 때문인지 얼굴이 조금 그늘져 보였다. 꽤 굵은 목에 비해 미소년 같은 섬세한 얼굴이 어딘가 어울리지 않아 보였다.

"밀라, 안녕. 여름휴가를 보내려고 여기 온 거야? 언제까지 있을 건데?"

"8월 초. 그런데 내년에도 또 오고 싶어."

파올라가 덧붙여 말했다.

"내가 전에 얘기했잖아. 마리아 산타 오비도의 손녀라고. 라 프엥트 오랑주에 산다고."

위고의 두 눈이 밝게 빛났다.

"아, 그렇구나. 람페두사에 온 걸 환영해. 도움이 필요하면 언제든 부탁하고."

밀라는 파올라를 따라 짐을 내려놓았다. 돗자리에는 배낭, 비치타월, 옷, 선크림, 책, 아이스박스, 라디오, 튜브 여러 개가 놓여 있었다. 위고가 혼자가 아니라는 걸 알 수 있었다.

"올리비아하고 라파엘은 어디 있어?" 파올라가 원피스를 벗으면서 물었다.

그녀는 라벤더 톤의 가는 줄무늬 비키니를 입고 있었다. 얼핏 보니 위고도 파올라의 몸매에 감탄하고 있는 것 같았다.

밀라는 파올라에게 눈을 뗄 수 없었다. 저런 우아함을 지니고 태어난 여자라면 항상 모든 일이 즐겁고 순탄하겠지.

"다들 물에 들어갔지." 위고가 대답했다.

"우리도 갈까? 모래사장에 앉아 있기에는 너무 더워서." 파올라가 제안했다.

위고는 용수철처럼 그대로 벌떡 일어섰다. 밀라는 속으로 피식 웃었다. 파올라를 본 뒤로 위고가 더 안절부절못하는 것 같았다. 그 역시 마돈나의 아름다움에 매료된 게 분명했다.

파올라는 능숙하게 손으로 머리를 바싹 틀어 올렸다.

"밀라, 같이 가자?"

"나는 조금 있다가 갈게. 수영복도 입어야 하고. 먼저 가 있어. 바로 갈게."

"그래, 알았어!"

밀라는 청록색 바닷물로 뛰어가는 두 사람을 바라보았다. 잠시 혼자 앉아 있고 싶었다. 두 손을 뜨거운 모래 속에 넣어 휘저으며 가는 모래가 손가락 사이로 빠져나가는 느낌을 즐겼다. 강렬한 색채, 어느새 입가에 느껴지는 소금기, 출렁이는 바다, 그리고 싱그러운 바다 냄새. 더없이 아름다운 해변이었다. 다른 사람들은 보이지 않았다.

재빨리 밀라는 위고의 이어폰을 집어 들었다. 음악을 끄는 걸 잊었나 보다. 세상에, 끔찍했다. 매시브 어택*이라니. 밀라는 아이패드를 끄고 파올라 배낭 옆에 누워 두 눈을 감았다.

오랜만에 느껴 보는 편안함이었다.

위고, 올리비아, 라파엘 모두 친절하고, 밀라에게 편하게 대해 주었다. 그들은 저녁 무렵까지 해변에 머물러 있었다. 다들 밀라가 질문하면 성의껏 대답해 주었다. 위고는 팔레르모에서 정치사를 전공한다고 했다. 의외였다. 그리고 올리비아는 수영 강사로 일하고, 라파엘은 기계 정비사라고 했다. 다들 람페두사를 떠나지 않을 생각이라고 했다. 부모님들의 나이를 서로 얘기하다 보니 밀라와 올리비아의 두 아빠가 같은 초등학교를 다녔을 거라는 결론에 도달했다.

"위고네 아빠는? 아빠가 뭘 하시는데?" 밀라가 물었다.

밀라는 그의 부드러운 속눈썹 아래로 어두운 그늘이 스쳐 지나가는 걸 볼 수 있었다. 살짝 당황하는 정도가 아니었다. 말 못할 사연이 있다는 걸 짐작할 수 있었다. 밀라는 어떻게 말을 이어 갈지 몰라 우물쭈물하고 있었다.

"어부시지. 상황이 항상 좋은 건 아니지만. 그래도 어쩌겠어. 다행히 내가 독립한 뒤로 사정이 많이 좋아지긴 했어. 나는 팔레르모에서 저녁하고 주말에 햄버거 가게에서 아르바이트를 해. 집에 오면 아빠 일을 돕기도 하고. 뱃일 말이야. 바다가 우리 집이거든. 그냥 이런

---

*매시브 어택 영국의 트립합 밴드.

130

저런 사연이 있어. 말도 안 되는 일들도 있고."

파올라가 그의 어깨에 조용히 손을 얹었다.

스쿠터를 타고 집으로 돌아오는 길 내내, 밀라는 파올라의 허리를 두 팔로 감싸 안고, 스쳐 가는 풍경을 바라보았다. 장밋빛과 오렌지 빛으로 물든 하늘 곳곳에 어느새 연보랏빛이 스며들고 있었다. 람페두사 섬을 구원의 섬이라고 하더니. 그 말이 맞았다. 밀라는 이곳 친구들이 얼마나 다정하고 따뜻한지 직접 가까이서 느낄 수 있었다. 처음 도착했을 때를 돌이켜 보았다. 우울하고 당혹스럽기만 했는데, 열흘이 지난 지금 많은 것이 달라져 있었다. 섬이 밀라에게 다정하게 말을 걸고 있었다. 7월 18일이 다가오고 있는데도 마음이 편안했다. 이렇게 평온한 곳이 있을 수 있다는 사실만으로도 밀라에게는 큰 위로가 되어 주었다.

멜로아타, 열여섯 살

누군가 나를 친근하고 편안하게 부른다. 그것이 내 기억의 첫 장이다.

알라…… 위대한 알라, 위대한 알라, 알라…….

적대감으로 이글거리는 군중들 한가운데서 나는 한 줌의 미소에 매달리듯 이 주문에 매달렸다. 두 눈을 들어 네모진 푸른 하늘을 향해 우뚝 솟아 있는 흰 벽을 올려다보았다. 알라만이 유일신임을 믿습니다. 알라만이 유일신임을 믿습니다…….

그 목소리가 내 안으로 흘러들어 왔다. 나는 입술을 활짝 벌리고 싶었다. 그러면 자애로운 감주가 내 몸을 가득 채워 줄 것 같았다.

모하메드는 알라신의 예언자임을 믿습니다. 모하메드는 알라신의 예언자임을 믿습니다…….

마침내! 알라신을 찬미합니다! 자비롭고 온화한 신의 은총으로 젖과 꿀이 흐르는 환희의 동산에 도달했습니다. 이제 나는 더 이상 슬픔을 느끼지 않을 것입니다. 나는 영원히 순결한 처녀로 남을 것입니다. 나의 히잡 아래의 살갗은 수천 개의 구슬과 산호처럼 빛나고, 그 어떤 더러운 기운이나 화는 나의 완벽한 존재에서 나오지 않을 것입니다. 그 어떤 부당함도 나를 해하지 못할 것입니다. 그것이 설사 대추씨처럼 작은 것일지라도.*

알라는 나를 자유롭게 하였고, 나는 영원히 행복할 것이다.

이리로 와서 기도하라. 이리로 와서 기도하라.

이리로 와서 기도하라…….

이어 발자국 소리가 들렸다. 숨을 죽인 채 속닥거리는 말들. 나는 다시 자리에서 일어서려고 했다.

기도는 잠보다 달콤하다. 기도는 잠보다 달콤하니…….

한 줌의 가는 불빛이 반쯤 감은 내 눈썹 사이로 스며들더니, 어느새 어둠 속에서 대낮처럼 환한 횃불로 바뀌는 것이었다. 머리가 너무 아팠다. 천국에서도 고통 받을 수 있는 건가?

두 손을 내 얼굴에 갖다 댔다. 손가락 아래로 느껴지는 얼굴이 퉁퉁 붓고, 딱딱하게 느껴졌다. 고통스러웠다.

알라는. 위대한 알라…….

두 눈을 내리깔고 나는 내 앞으로 늘어져 있는 두 다리를 보았다. 윤곽을 알아볼 수 없는 두 개의 커다란 덩어리가 눈에 들어올 뿐이었다. 나는 그것을 움직이려 했다.

* 코란 124장 4절 참조.

알라 외에 진정한 신은 없나니.

나의 신음 소리는 채 끝나지 않은 마지막 문장 속으로 기어들어갔다. 그제야 좀 전에 들은 목소리가 기도 시간을 알리는 승려의 기도 소리라는 걸 깨달았다.

그와 동시에 어릴 때 느닷없이 날아오던 따귀의 아픔처럼 모든 게 되살아났다. 나를 휘청거리게 하고, 어쩔 줄 모르게 만들던 따귀의 아픔처럼. 고향을 떠나야겠다는 결심, 국경을 넘은 일, 난민 캠프, 그다음 여정을 위해 카르툼에서 일했던 몇 달간의 기억, 두 발로 걸어서, 버스를 타고, 그러다 지프차에 몸을 싣고, 트럭 덮개 아래 숨어 지냈던 기억, 탈출 안내원, 모래, 폭염, 곤봉, 섹스, 돈, 돈, 섹스, 구타. 그리고 마침내 수단을 통과해 살아남았다고, 드디어 트리폴리에 도착했다고 생각했는데……. 리비아 밀매업자들이 페잔*의 모래 바다 한가운데서 우리 차를 세운 것이었다.

나는 또다시 개처럼 웅크려야 했고, 땅바닥에 내동댕이쳐졌다. 뺨은 이제 막 포장한 도로에 맞닿아 있었다. 이곳이 천국이 아니라면 어디에 있든 아무 상관이 없었다.

더 이상 나아갈 수 없었다. 모든 것이 그대로 멈춰 버렸으면 좋겠다. 모든 것이 역겹고, 너무 지쳤다.

이번에 들리는 소리는 승려의 목소리가 아니다. 가까이서 들린다.

＊페잔 아프리카의 리비아 서남부 지방, 사하라사막의 일부.

더 현실적으로. 나는 두 팔에 끌려가고 있다. 무엇이 나를 끌고 가는지 보고 싶었지만 바위처럼 무거운 눈썹을 들어 올릴 수 없다. 곧 불구덩이에 던져질 나뭇가지 같은 운명인데 어디로 가든 무슨 상관이랴. 거리를 가득 메우는 쓰레기 더미 같은 운명인걸.

좀 전의 목소리가 나를 씻기고 보살핀다. 갈라진 내 입술 사이로 물을 흘려보내 준다. 나를 진짜 침대에 누이고, 깨끗한 옷으로 갈아입혀 준다. 다시 한 번 내가 살아 있음을, 나의 존재감을 일깨워 준다. 내가 에리트레아 인으로, 내 이름이 멜로아타 다스마라라는 사실을. 너무나 낯선 이름이다.

고향을 떠나온 이래 내 자신이 누군가의 먹잇감이 아니라는 걸 처음으로 느낀다. 감당하기 어려울 만큼 힘들 때마다 마음을 진정시켜 주는 어린 시절의 따뜻한 추억 속에 똬리를 틀듯 계속 좀 전의 느낌을 되살리고 싶다.

아시아의 목소리였다. 큰 키에 강건해 보이는 젊은 여자의 목소리였다. 그녀는 손가락으로 쉼 없이 머리카락이 히잡에 말려들어 가지 않도록 매만졌다. 건강한 몸집에 비해 무척이나 길고 섬세한 손이었다. 아시아는 맑은 눈보다 좀 더 가라앉아 보이는 감청색 히잡을 두르고 있었다.

그녀는 매우 아름다웠다. 마샤알라*라고 부르고 싶었다. 설사 그녀가 현실에서는 마샤알라가 아니라고 해도 상관없었다.

---

* **마샤알라** 친절하고 아름다운 사람을 높이 칭하는 아랍어 관용 표현구.

내가 어떻게 트리폴리에 도착했는지 그녀도 알지 못했다. 어느 날 아침, 나를 집 앞 골목에서 발견했다고 했다. 그저 상처 입은 개를 데리고 오듯 집으로 끌고 왔다고 했다. 비통스러움과 연민을 동시에 느끼면서. 내게 무슨 일이 일어났던 걸까. 아무 기억이 나지 않았다. 마지막 기억은 밀매업자들이 우리를 한방에 가득 가둬 놓고는 가족이 돈을 보내올 때까지 기다리라고 한 것밖에. 트리폴리에서 멀리 떨어져 있었는데, 어떻게 나를 장기 밀매업자들에게 팔아넘긴 걸까? 고향에 아무 연고도 없는 나를 위해 누가 돈을 지불한 걸까? 죽음을 그렇게 강렬하게 원했는데, 왜 죽음은 내게 오지 않은 걸까? 며칠 동안 시달리다 더 이상 내 자신에게 아무것도 묻지 않기로 했다. 알라신을 믿을 수밖에 없었다. 그의 무한한 자비를 믿을 수밖에. 그가 나를 구원해 준 것이라고. 그 사실만 기억하리라. 알라신께 영광을!

아시아 집에서 오래도록 살고 싶었다. 집이 비좁긴 했지만 상관없었다. 나를 바라보는 그녀의 따뜻한 눈길만으로도 충분했다. 이주민들의 추격, 수용소…… 집 밖에 난무하는 혼돈도 그녀의 눈빛만 볼 수 있다면 견딜 수 있을 것 같았다.

하지만 이 평안이 오래 지속될 수 없다는 것을 나는 알고 있었다. 떠나야 할 날이 곧 다가올 거라는 걸 알고 있었다.

지금도 그때 아시아가 내게 보여 준 얼굴이 또렷하게 남아 있다. 우리는 서로 마주 보며 무릎을 꿇고 앉았다. 우리 양쪽에는 책상, 예배 집전 테이블, 작은 나무 테이블이 놓여 있었다. 그 위에 둘이 나눠 마실 사이다 캔이 놓여 있었다. 그녀는 눈 아래로 검은색 아이섀도를 살짝 칠했다. 이제 몇 분 뒤면 살라트 알 아스르(오후의 기도)를 드릴 시간이었다.

"멜로아타, 이제 떠나 줘야겠어. 몸도 많이 좋아졌고. 더 이상 여기에 머물 수가 없을 것 같아. 한집에 두 여자만 사는 건……."

나는 고개를 끄덕거렸다. 이해했다. 그녀가 애써 내게 설명하게 만들고 싶지 않았다. 사람들 입에서 음탕한 말들이 곧 튀어나올 게 분명했다. 그 말들이 이 집의 문턱을 서성일 테지. 충분히 이 집의 벽을 더럽힐 어두운 소문들, 썩은 내 나는 소문들을 상상할 수 있었다. 내 고향에서도 자연에 거슬리는 이런 사랑은 금지되었으니까.* 나 때문에 아시아가 끌려가게 할 수는 없었다. 캄캄한 감옥에 웅크리고 있는 그녀의 모습은 상상도 하고 싶지 않았다.

"나도 알아. 물론이야. 자자크 알라우 카이란.*"

그녀에게 미소를 지어 보였다. 어떻게 그녀를 탓할 수 있단 말인가? 나 같은 밀입국자를 숨겨 준 것만으로도 이미 그녀는 목숨을 내놓은 일이었다. 이미 그녀에게 매우 큰 은혜를 입은 것이었다. 그녀가 내게 준 귀중한 선물이었다.

하지만 이 집의 문을 열고 나가는 게 두려웠다. 더 이상 멜로아타가 아니라 먹잇감이 되는 게 두려웠다.

＊ 리비아처럼 에리트레아에서도 동성애를 불법으로 규정하여 수년간의 징역형 등 엄격한 처벌 조항을 두고 있다. 일부 아프리카 국가에서는 심지어 사형을 실시하기도 한다.

＊ **자자크 알라우 카이란** 알라신의 가호가 너와 함께하길! 주로 고마움을 표시하기 위해 알라신을 언급한다.

이제 혼자라는 사실이 너무 무서웠다. 처음 에리트레아를 떠나올 때 우리는 다섯 명이었다. 끝까지 함께 가자고 맹세했는데 지금 그들은 어디에 있는 걸까? 물론 나는 혼자가 아니었다. 알라신과 함께 있었다. 그럼에도 불구하고, 깊은 신앙심에도 불구하고, 또다시 내 앞에 닥친 시련을 견딜 수 있을까?

아시아는 나를 그냥 문 밖으로 내쫓지 않았다. 위험을 무릅쓰고 비밀 조직 하나를 수소문해 주었다.

나는 에리트레아를 떠나온 이래 나의 유일한 안식처가 되어 준 그곳을 떠나기 전 그녀에게 한 가지 부탁을 했다.

나는 거울 앞에 서서 그녀의 긴 손가락이 내 머리를 매만지는 모습을 바라보았다. 손가락의 움직임이 잠깐씩 머뭇거렸다. 검은 머리칼이 내 어깨 위로 출렁거렸다. 사각거리는 금속 소리만이 불규칙적으로 울렸다. 바닥 위로 머리카락 뭉치가 툭툭 떨어졌다. 이어 아시아는 가슴을 천으로 꼭꼭 동여매는 걸 도와주었다. 나를 위해 장만한 남자 옷도 입혀 주었다. 머리에는 짙은 색 모자를 눌러썼다. 내 앞에 어떤 여정이 기다리고 있는지, 나는 모른다. 하지만 한 가지 분명한 건 내가 여자라는 사실이 문제를 더 복잡하게 한다는 사실이다.

문고리를 돌리기 전, 아시아가 나를 두 팔로 꼭 껴안아 주었다.

"알라신이 너와 함께한다는 걸 잊지 마. 그분을 믿으렴."

밤이 되자 나는 높은 첨탑에서 내던져지듯 그녀를 떠났다. 머리는 숙인 채 벽에 바싹 몸을 대고 빠른 걸음으로 걸어갔다. 그러면서 알라신께 기도를 올렸다. 생각하지 않게 해 달라고, 나를 잃어버리게 해 달라고 빌고 또 빌었다. 무상무념으로 돌아갈 수 있게 해 달라고…… 하시비 알라후 왈 니말 와 킬*.

아시아가 일러 준 장소에 무사히 도착했다. 그녀 집에서 30분쯤 떨어진 빈민촌이었다. 희미한 골목길 끝, 형체를 분간할 수도 없을 정도로 쓰러져 가는 건물 안에 히잡을 쓴 한 여인이 문을 조심스럽게 열어 주었다. 집 안으로 들어서니 그나마 불빛이 있었다. 벽에는 색색의 천들이 장식처럼 걸려 있었고, 가냘픈 얼굴에 어두운 표정을 한 젊은이들이 삼삼오오 모여 있었다. 내게 문을 열어 준 여자는 마샤 알라처럼 신중했고, 수수해 보였다. 그녀는 왜 고향을 도망쳐 나왔는지 내게 묻지 않았다. 이곳 리비아에 오기까지 어떤 어려움을 겪었는지도 묻지 않았다. 무엇보다 남장을 한 내 모습을 뚫어지게 바라보지 않았다.

그녀는 내가 이미 알고 있는 걸 다시 한 번 확인시켜 주었다. 내가 친구들과 모험을 떠나온 게 아니라는 사실을. 전갈이 먹이를 어떤 방법으로 죽일까 오랫동안 고민하고 관찰하듯이 오랫동안 생각하고 준비해 온 이 여정이 결코 단순한 모험이 아니라는 사실을 다시 한 번 깨닫게 해 주었다.

리비아는 다른 어떤 곳보다 우리 같은 사람들이 머물 곳이 없는 곳이었다. 하루라도 빨리 이곳을 빠져나가야 했다. 카다피 장군이 어

*하시비 알라후 왈 니말 와 킬 알라는 나의 가장 든든한 후원자시니, 알라 외에 그 어떤 것도 필요치 않나니!

떻게든 밀입국자들을 잡아들이라고 명령한 터였다. 시간이 얼마 남지 않았다. 국경선부터 메뚜기 떼가 밀밭 위를 공략하듯 밀입국자들을 체포해 들이고 있다고 했다. 트리폴리까지 온 것만도 엄청난 일이라고 했다.*

나는 알고 있었다. 유일한 희망은 신의 뜻에 따라 유럽으로 가는 고기잡이배에 한 자리를 얻을 때까지 숨어 있어야 한다는 걸.

여인이 내게 다가와 다른 사람이 듣지 못하도록 나지막하게 물었다.

"계속 길을 갈 돈은 있니?"

나는 고개를 저었다. 내게 한 푼도 남아 있지 않은 지 이미 오래였다.

"일을 해야겠구나."

"어떻게 하면 붙잡히지 않죠?"

"누구도 장담할 수 없지. 군인들이 의심 가는 사장들 집으로 갑자기 들이닥치곤 하거든. 그래도 여기 있는 사람들은 어디 가서 일해야 할지 잘 알고 있지."

그녀는 뒤를 돌아보며 한 사람을 불렀다.

"아미르, 이리 좀 와 봐."

아미르라고 하는 아이가 다가왔다. 나보다 어려 보였다. 열네 살쯤 되었을까? 키가 큰 편이고 생김새는 전체적으로 가냘퍼 보였다. 갈색 바지에 한쪽 어깨가 드러날 정도로 축 늘어진 티셔츠를 걸치고 있었

---

* 2003년부터 카다피 정권은 유럽 대륙으로 도망치는 불법 이민자들을 단속하기 시작했다. 카다피 정권은 유럽, 특히 실비오 베를루스코니 총리가 집권한 이탈리아 정부와 협약을 통해 난민 유출 방지 정책을 실시했다.

다. 얼굴이 꽤 인상적이었다. 여전히 소년의 모습이었지만 시선만큼
은 군인처럼 강렬했다.

그는 어디서 도망쳐 온 걸까? 여기까지 무엇이 그를 인도한 걸까?
혼자 길을 떠난 걸까? 형제 아니면 친구와 도망쳐 나왔을까? 무엇을
피해 도망쳐 왔을까? 배고픔, 전쟁, 독재, 고문? 아니면 그저 좀 더
나은 삶을 꿈꾸었던 걸까? 우리 모두는 어쨌든 각자 자신만의 삶, 이
야기, 그리고 여정을 가진 여자와 남자였다. 각자 과거의 폐허 위에
미래를 만들어 가겠다는 꿈을 꾸고, 시도하는 이들이었다. 커다란 희
망을 품을 능력을 지닌 이들이었다.

여자가 말했다.

"아미르를 소개해 줄게. 이 아이도 에리트레아에서 왔어. 트리폴
리에 온 지 여덟 달 되었고."

아미르는 턱을 끄덕거리며 내 위아래를 살폈다. 나는 가만히 고개
를 숙인 채 꽉 조인 가슴께로 두 팔을 움츠려 가렸다.

"일이 필요해요." 내가 단호하게 말했다.

그는 아무 말없이 계속 나를 살필 뿐이었다.

여자가 물었다.

"이 아이한테 좀 보여 줄래?"

그가 그렇겠다고 했다. 어린 나이에 비해 너무나 어른스러운 그런
빈정거림과 환멸스럽다는 태도를 보이며 속삭였다.

"사실 여자들은 일하기가 더 쉬워요."

15장

밀라는 잠에 취해 묵직해진 눈꺼풀을 겨우 들어 올렸다.

부드럽게 깨어나는 이 시간이 좋았다. 두 눈이 덧문 틈으로 새어 들어오는 빛줄기를 따라가다 갈색으로 그을린 다리를 바라보았다. 아주 짧은 시간이 지났을 뿐인데 모든 게 분명해졌다. 모든 게 완벽했다. 잘 움직이지 않는 두 팔 아래로 침대 시트가 빳빳하게 느껴졌다. 할머니의 시트처럼 까칠했다. 밀라는 어느새 햇볕에 까맣게 그을린 피부에 걱정 근심 없는 여섯 살의 밀라로 돌아와 있었다. 어린 밀라는 빨랫줄 위에 널어놓은 빳빳한 시트 사이에 숨어서 자기를 찾느라 열심인 사촌들을 바라보았다. 밀라는 도망치기 전에 머리를 시트 안으로 슬그머니 밀어 넣고는 갈매기 울음소리를 내곤 했다. 그러면 어느새 공격자들이 그 속으로 몸을 던지며 밀라를 잡겠다고 달려왔다. 그 순간 할머니가 악마의 상자에서 튀어나오듯 테라스로 나오는 것이었다. 할머니는 혹시 육감을 지니고 있었던 게 아닐까. 작은 몸집에 검은 치마를 입은 할머니는 연신 꾸중을 뿜어냈다. 그럴 때면 밀라와 사촌들은 깔깔대며 도망쳤다. 마구 쏟아져 나오는 할머니의 시칠리아 방언이 바람에 날려 가기만을 기다리며.

밀라는 미소를 지었다. 할머니가 보고 싶어졌다. 할머니의 밤색 얼굴에 두 눈을 비비고, 할머니의 고운 두 뺨을 딱 한 번만 어루만지고 싶었다.

안개처럼 뿌연 잠이 걷히자 밀라는 자리에서 일어섰다. 덧문을 열고 흰 벽 위로 부서지는 햇빛을 바라보았다.

잠시 동안이지만 밀라는 오늘 아침은 여느 날처럼 평범하고, 태양이 강렬하게 오랑제 곶 위를 비출 것이고, 자전거 바퀴는 여전히 자갈길 위를 달리며 예전과 같은 소리를 낼 것이고, 부엌에는 늘 그랬듯이 바다 냄새가 캐러멜 향과 나무 타는 냄새, 그리고 막 갈아서 내린 신선한 커피 향과 뒤섞일 거라고 상상했다.

밀라는 밤의 온기가 여전히 남아 있는 티셔츠를 벗고, 서둘러 청반바지와 하얀 민소매 셔츠로 갈아입었다. 이어 배낭을 낚아채듯 집어 들고는 복도로 나왔다. 마룻바닥에는 여기저기 옷들이 나뒹굴고, 침대도 헝클어져 있었다.

밀라는 계단 위에 서서 귀를 쫑긋해 보았다. 다행히 아무 소리도 들리지 않았다. 거실이 비어 있으면 했다. 부모님이 여전히 잠들어 있거나 밤사이 형상을 알아볼 수 없는 그림자 같은 생각들에 시달리다 날이 밝자마자 아예 밖으로 나갔어도 좋을 텐데.

오늘만큼은 부모님과 마주치고 싶지 않았다. 과일 몇 개만 배낭에 넣고 짧게 휘갈겨 쓴 메모지만 남긴 뒤 가능한 집에서 멀리 가고 싶었다. 바닷가에서 하룻밤 지내자고 파올라가 제안했는데, 그래야 겠다.

밀라는 이미 머릿속에 파올라를 만나면 뭘 할지 일정을 짜 두었 다. 먼저 묘지에 가야지. 할머니 무덤에 꽃을 새로 꺾어 놓고, 파올라 가 말한 십자가를 찾아봐야지. 밀라는 파올라의 말은 조금도 의심 이 가지 않았다. -감히 그럴 수 없었다.- 하지만 밀라는 속으로 십 자가가 아주 오래전부터 있던 것이거나 몇 개 되지 않으면 좋겠다고 생각했다. 람페두사의 이미지를 훼손하는 것들은 되도록 감추고 싶 었다.

아, 이 섬에서 제일 높은 곳인 알베로 델 솔레에도 가야지. 이미 여러 번 가 본 곳이었다. 예수 수난상에 기대어 360도 파노라마로 펼 쳐지는 풍광을 바라봐야지. 왠지 밀라는 그곳이 마음에 들었다. 곳 곳이 폐허처럼 허물어지고, 군부대도 부근에 있었지만, 역사와 전설 그리고 삶의 모습이 가득한 어떤 기운이 느껴지는 곳이었다. 지난번 에도 그곳에 서서 바다를 오랫동안 바라보다 집에 돌아왔다. 어느 새 생각이 꼬리를 물어 아프리카의 뿔에까지 이어졌다. 그들은 과연 어떻게 살고 있을까? 그곳에서도 비욘세의 노래를 들을 수 있을까? 그들은 지금 이 순간 무엇을 하고 있을까? 밀라는 섬의 가장 높은 곳에 올라가 그들이 있는 방향을 바라보았다.

파올라가 말했듯이 정말 그들 중에는 한밤중에 몰래 작은 고기 잡이배를 타는 이들이 있는 걸까? 왜 그렇게 위험한 탈출을 시도하는 걸까? 평면 브라운관에, 중앙난방이 갖춰졌고 방부 처리가 너무 잘되어 있어서 레인지에 돌리기만 하면 되는 즉석요리들이 넘쳐 나는 서구 사회에서 좀 더 편안하게 살고 싶어서?

밀라는 인터넷을 통해 쉽게 읽을 만한 기사들을 찾아보았지만 오히려 더 혼란스러웠다. 그들의 사연만으로 개개인의 삶을 자세히 알 수 없었다. 인터넷에 떠도는 정보로는 밀입국자들은 그들이 어디서 떠나왔고, 어디에 정착하는지 모두 익명으로 처리되었다. 각자의 사연과 이야기가 아니라 하나의 '사회문제'로 취급되었다. 완전히 비밀에 가려진 세상에서 그들은 왔다. 오직 한 가지, 밀라가 살고 있는 곳에서 아주 멀리 떨어진 곳에서 왔다는 사실만 알 수 있을 뿐이었다. 그들은 철저하게 신문 기사들 속에서만 존재하는 것 같았다.

밀라는 오른쪽 발로 조심스럽게 공격을 시도하듯 계단을 내려왔다. 어렸을 때부터 뭔가 바라는 게 있을 때면 그렇게 하는 버릇이 있었다.

부엌으로 들어가다 아빠와 눈이 마주쳐 깜짝 놀랐다.

한참을 우두커니 서 있다 아빠에게 다가가 인사했다. 아빠의 뺨에 얼굴을 스치듯 갖다 댔을 뿐이었다.

그러면서 직감적으로 여느 날과 다를 바 없는 평범한 아침이라는 생각이 들었다. 엄마의 얼굴을 보자 안심이 되었다. 식탁에 팔꿈치를 괸 채 텅 빈 미소를 짓고 있었다.

아빠가 큰 소리로 묻는 바람에 침묵이 깨졌다.

"오늘은…… 뭘 하고 지낼 거니?"

밀라는 그 질문에 가슴이 답답해졌다. 빨리 서둘러 나가야겠다는 생각밖에 없었다. 냉장고 문을 열고 채소 서랍에서 손에 집히는 대로 사과, 배 몇 개를 골랐다. 자신이 이 공간에 있는 것만으로도 상대를 공격하는 느낌이 들었다. 자신의 존재 자체가 부모님께 동생의 부재를 상기시키는 것만 같았다.

"제 걱정은 하지 마세요. 섬을 좀 돌아보려고요."

"혼자서?"

밀라는 조용히 과일을 배낭에 챙기고는 아빠의 눈길을 피하려고 애쓰면서 작은 목소리로 말했다.

"아니요. 파올라 일 끝나면 같이 만나기로 했어요. 오늘 밤은 지나 아주머니 집에서 자고 올지 몰라요. 밤에 들어오더라도 늦을 테니 기다리지 마세요."

밀라는 차고에서 자전거를 끌고 나와 자갈길을 터벅터벅 걸어갔다. 목에 묵직한 게 걸린 것 같았다. 빨리 부모님에게서 벗어나야겠다는 생각밖에 없었다.

이제 몇 시간 지나면 파올라를 만날 테고, 그러면 어디라도 따라가야지. 그녀가 데려다주는 곳이면 이상적인 피난처가 되어 줄 테니.

자전거에 막 올라타려는데 현관문 앞 계단에 서 있는 아빠의 모습이 눈에 들어왔다.

아빠가 가까이 다가오고 있었다. 커다란 키에 위엄이 있어 보였다. 아빠 작업실에서 보았던 불꽃처럼 마법사의 얼굴 위로 오렌지 나무 그림자가 춤추듯 어른거렸다.

"밀라야!"

밀라는 고개를 숙이고 발 앞에 있는 자갈만 뚫어지게 내려다보았다. 복잡한 마음 상태를 내보이고 싶지 않았다.

"음……."

아빠가 밀라의 어깨에 손을 얹으며 한숨을 길게 내쉬었다.

"괜찮니?"

밀라는 아무 대답도 하지 않았다.

"엄마한테 좀 더 시간을 주렴."

밀라가 중얼거렸다.

"아빠는 그 일이 일어나지 않았으면 지금 우리가 어떻게 살고 있을지 상상해 본 적 있어요?"

아빠가 다시 한숨을 내쉬고는 밀라를 끌어안았다. 밀라는 아빠의 린넨 셔츠 안에 감춰진 심장이 쿵쾅거리는 걸 느낄 수 있었다.

"저는요…… 늘 그 생각을 해요."라고 중얼거렸다.

아빠는 밀라를 풀어 주고는 슬픈 미소를 지어 보였다.

"그래서 무슨 소용이 있니? 마음만 상하지. 밀라야…… 그러지 마."

밀라는 그다음 말은 듣지도 않고 자전거 페달을 밟았다. 분노를 가라앉히려고 힘껏 밟았다. 잠깐 사이에 밀라는 자전거를 몰고 골목길 모퉁이를 돌아 집에서 멀리 벗어날 수 있었다.

16장

밀라는 햇볕이 직각으로 내리쬐는 거리를 방황했다. 묘지 앞도 지나갔지만 멈추지 않고 그대로 통과해 달렸다. 아빠와 나눈 대화 탓인지 머릿속이 이미 복잡했기 때문에 더 보태고 싶지 않았다.

항구 근처로 들어서자마자 바다 냄새가 단번에 몰려왔다.

골목길마다 자신만의 고유한 소리를 내고 있었다. 별다른 생각 없이 거니는 이들에게는 들리지 않고, 자신을 모두 열어 놓고 걷는 이에게만 들리는 소리였다. 밀라는 람페두사에 온 뒤로 모든 소리에 귀를 기울이는 버릇이 생겼다. 신발 밑창이 인도에 닿을 때마다 나는 고유한 울림, 녹슬어 제대로 잠기지 않는 공공 급수장의 수도꼭지에서 나는 쇳소리, 해 질 무렵, 열린 부엌 창 안쪽에서 들리는, 칼로 생선 비늘 벗기는 단조로운 쓱싹거림도 있다.

밀라가 햇빛 웅덩이에 웅크리고 있는 고양이 곁으로 다가가자 고양이가 피라미 같은 실눈을 깜박거리며 고개를 다른 쪽으로 돌렸다.

고양이 옆을 지나가는데 밀라는 조금 전보다 기분이 가벼워진 걸 느낄 수 있었다.

람폐두사는 밀라를 끌어당기는 신비하고 강렬한 마력을 지니고 있었다. 밀라의 기억을 넘어서는 어떤 것이었다. 과연 그게 뭘까? 섬 존재 자체가 밀라의 고통을 덜어 주는 알 수 없는 힘을 지니고 있는 것만 같았다.

밀라는 '로마 경유' 길로 비스듬히 접어들었다. 그 거리에는 여러 관광객들이 무리 져서 편안하게 쉬면서 음료를 마시거나 고장의 특산 요리를 맛볼 만한 곳을 찾아 왔다 갔다 하고 있었다. 레스토랑 간판들을 자세히 들여다보니 다들 자기 식당에 어울리는 특정한 손님들을 끌어들이려고 특색 있는 메뉴판을 선보이고 있었다. 평범한 오늘의 요리 대신 사회 민주주의적인 특성을 나타내는 문구들까지 동원했다. 가족들 + 소란스러운 자녀들 환영. 젊은 부부(평온한 미소와 동물 이름을 별명으로 갖고 있는 사람들) 환영. 동네 사람들만 환영: 모든 소문과 기상예보 환영.

밀라는 흰색 파라솔들이 곳곳에 놓여 있는 테라스 앞에 멈춰 섰다. 파라솔 그늘 아래 테이블 위로 노란 미모사 꽃, 주홍빛이 감도는 붉은색, 푸른 바닷물 등 토속적인 색깔의 모자이크 식탁보가 덮여 있었다. 밀라는 올리브 나무 화분 가까이 빈 테이블에 자리를 잡고 앉았다. 메뉴판이 궁금해졌다. 부모님에게서 벗어나길 희망하는 젊은이들을 위한 카페.

저쪽에서 걸어오고 있는 파올라를 향해 밀라는 팔을 높이 들어올렸다. 파올라가 활짝 웃으며 인사하더니 어느새 테이블 사이를 헤치고 다가왔다.

그녀는 전날보다 훨씬 더 예뻐 보였다. 아니, 매일 점점 더 예뻐 보였다. 파올라는 밀라가 좋아하는 영화인 〈진주 귀걸이를 한 소녀〉의 스칼렛 요한슨처럼 어딘가 고전적인 아름다움을 지니고 있었다.

밀라는 자리에서 일어나 파올라를 껴안았다. 심장이 두근거렸다.

"파올라 안녕."

"밀라 안녕. 잘 지냈지?"

"응, 너는?"

"나도 잘 지냈어."

파올라가 의자를 끌어당겨 자리에 앉으며 밝은 얼굴로 물었다.

"나한테 할 말이 있다고 했는데, 뭐야? 축하할 일이라도 있는 거야? 혹시 오늘이 생일이야?"

밀라는 두 눈을 크게 떴다. 갑자기 웃음이 터져 나왔다.

파올라는 장난기가 발동해 놀란 표정을 지으며 밀라를 흉내 냈다.

"무슨 일이야? 왜 내가 이상한 소리 했어?"

밀라는 순간 전원이 끊긴 것처럼 웃음을 멈췄다.

"아니야. 그게 아니야. 미안해. 너 때문에 그런 게 아니야."

밀라는 조용히 파올라를 응시했다. 그녀에게는 좀 전에 성상을 보며 느낀 알 수 없는 평온함이 배어 있었다. 온몸으로 자신의 삶이 세상과 완벽한 조화를 이루고 있다고 외치고 있는 것 같았다. 밀라가 자기 모습에서는 찾아볼 수 없는 자존감과 안정감이랄까. 그 일이 있었던 그해 7월 18일 이후, 밀라는 한 발짝도 앞으로 나아갈 수 없었다.

"내 남동생 얘기 알고 있지?"

파올라는 눈썹을 찡그렸다.

"뭐라고? 남동생이 있어? 그 얘기 안 했잖아. 몇 살인데?"

밀라는 파올라의 반응에 당황했다. 지나 아주머니를 속물적인 여자라고 단정 지은 게 부끄러웠다. 밀라네를 배려하는 마음에서 아무말도 하지 않은 걸까. 왜 그랬을까?

"그게…… 이상하게 들릴지 모르지만 동생은 언제나 다섯 달인 셈이지. 지나 아주머니가 얘기해 준 줄 알았어. 우리 엄마가 여전히 우울증을 앓고 있고, 자살 시도까지 했다는 것도. 아무 말 못 들었어?"

파올라의 두 눈이 도자기 인형의 눈처럼 딱딱하게 굳어 보였다.

"아니, 전혀 못 들었어. 무슨 일이 있었는데 그래? 네가 무슨 얘기를 할지 무서워."

게브리엘, 스물두 살

어릴 때부터 나는 알고 있었다. 유럽에 가면 좀 더 나은 삶을 살수 있다는 걸. 나는 강인하고 용감하다. 아무리 힘든 일을 겪어도, 아무리 나를 지치게 만들어도, 결코 나를 두려움에 빠트리지는 못한다.

그곳에 가면 진중하게 굴고, 일도 열심히 해야지. 남들이 꺼리는 일도 기꺼이 열심히 해야지.

일할 기회를 주는 것만으로도 고마워하고, 만족하며 살아가야지. 내가 그곳에 가려는 건, 남의 일자리를 빼앗기 위해서가 아니다. 그저 내가 태어난 곳이 너무도 고통스럽고, 열악한 곳이라 떠나고 싶을 뿐이다. 살아야겠기에 떠나려는 거다.

이번이 벌써 세 번째 시도다.

첫 번째 시도 때는 트리폴리까지 갈 수 있었다. 그런데 마지막 순간까지 조심하지 못해 미스라타 형무소에 감금되고 말았다. 20제곱미터밖에 되지 않는 비좁은 공간에 35명이 뒤섞여 지내야 했다. 죽을 만큼 견디기 힘들었다. 그곳에서 얼마나 붙들려 있었는지 기억이 나지 않는다. 온갖 질병들, 미친 사람들, 끝없이 이어지는 고문과 죽음의 위협에 노출되어 있었기에 삶이 하루, 한 주, 한 달로 나뉘어 있다는 사실조차 잊고 지냈다. 그곳에서 나왔을 때 머리가 어깨까지 출렁거렸다는 사실만 기억날 뿐이다.

어찌 된 일인지 나는 에리트레아로 송환되지 않았다. 수단행 트럭에 태워졌다. 그곳에서 난민으로 등록할 수 있었다.

두 번째 시도는 1년 반 전의 일인데, 그때는 운이 아주 나빴다. 국경선을 막 넘어서는데 체포되었으니.

왔던 길을 다시 되돌아가는 건 정말 힘든 일이었다. 다시 시작한다는 건 정말 힘겨운 일이었다.

하지만 나는 결국 해내고 말 거다. 결코 희망을 잃지 않을 거다. 저 바다 건너에 있는 유럽 도시들을 떠올려 본다. 로마, 파리, 암스테르담, 그리고 에펠탑.

이번에는 왠지 운이 좋을 것 같다. 행운은 내 편이다. 이제 내가 행운의 여신에게 도움을 받을 차례였다. 트리폴리에서 6개월째 붙들리지 않았다는 것만 봐도 알 수 있다.

트리폴리에서 나는 다른 밀입국자들과 같이 방을 빌려 썼다. 방이라고 해야 그저 몸을 누일 수 있는 작은 공간일 뿐이지만. 모두 열한 명이었는데 일곱 명은 에리트레아, 셋은 소말리아, 그리고 한 사람은 수단 출신이었다.

우리는 낮에 리비아 사람들을 위해 일했다. 매일 새벽 1시, 길가에

서서 인부를 데리러오는 도요타를 기다린다. 나는 그리 까다로운 사람이 아니다. 닥치는 대로 일을 한다는 걸 그들도 잘 알고 있다. 하루에 약 20디나르*를 번다. 그보다 더 벌 때도 있고, 덜 벌 때도 있다. 화장실을 청소하고, 바닥을 닦고, 자동차를 수리하고, 더러운 옷을 세탁하고, 벽돌을 쌓고, 나무 가지치기도 하고, 벽돌과 무기 상자도 나른다. 마음에 내키지 않는 일들도 많지만 두 눈을 질끈 감고 기꺼이 한다. 그러면서 유럽을 생각한다. 그곳에는 튤립도 피어나고, 눈도 내린다고 한다.

우리는 모두 열한 명이었는데, 이미 몇 주 전부터 작은 고기잡이 배를 빌리려고 2만 디나르 정도를 모아 두고 있었다. 곧바로 떠날 수도 있었지만 좀 더 믿을 만한 안내원을 찾을 때까지 기다리자고 했다. 신중하게 행동해야 했다. 목표에 이렇게 가까이 왔는데 행운을 아무렇게나 낭비할 수는 없다. 낡은 배 선창에 몸을 맡기고 싶지 않았다. 닻을 올리자마자 붙들려 돌아올 게 뻔하니.

아미르만 내 말을 들었다. 다행히 아와트, 아마뉘엘과 그의 여자친구인 사피야도 내 말대로 하겠다고 했다. 나머지 여섯 명은 설득할 수 없었다. 그들은 12월 한겨울에 떠났다. 지중해가 사납게 요동치는 시기라고 경고했는데도 내 말을 듣지 않았다.

그렇게 189명이 떠났다. 하지만 떠난 지 이틀째 되는 날 그들은 해

---

*디나르 이슬람 국가에서 사용되는 화폐로, 여기서는 리비아 디나르를 말한다. 1리비아 디나르는 8달러, 즉 800원 정도이다.

변으로 다시 돌아왔다. 파도에 실려 다들 물에 빠진 포도알갱이처럼 부풀대로 부풀린 채 돌아왔다. 그중에는 갓난아기들도 있었다.

그 일 이후 나는 아미르, 아와트, 사피야와 좀 더 기다리기로 했다. 다른 밀입국자들이 와서 방의 빈 공간을 채웠다. 메롱, 피에트로스, 멜로아타.

드디어 우리에게도 기다리던 순간이 왔다.

우리는 안내원의 지시에 따라 트럭 짐칸의 채소 상자들 사이에 끼어 타고 푸른색 덮개를 뒤집어썼다. 대부분이 토마토 상자였다. 나는 토마토 세 개만 먹었다.

우리는 주와라까지 갔다. 그동안 나는 밤하늘 조각을 훔쳐보기 위해 딱 두 번 덮개를 살짝 들추었다.

새벽 2시. 트럭에서 내리라는 지시가 떨어지자마자 우리는 해변을 향해 달리기 시작했다. 다들 어떻게 해야 하는지 알고 있었던 것이다. 검은 물속으로 뛰어들었다. 그렇게 배가 정박해 있는 곳까지 죽도록 뛰어갔다. 약속의 땅을 향해, 삶을 향해 앞으로 달려갔다.

17장

"아름다운 우리 두 아가씨는 무엇을 드실는지요?"

웨이터가 두 손을 모자이크 테이블에 대고 앞으로 몸을 기울였다. 여자를 유혹하는 게 익숙한 이들에게서 볼 수 있는 자기 확신에 차 있는 모습이었다.

그는 밀라와 파올라를 번갈아 가며 쳐다보았다. 마치 둘 중에 누가 더 자기의 곱슬머리와 털이 잔뜩 난 가슴팍에 마음이 흔들렸느냐고 묻고 있는 듯했다.

밀라는 맥주를 시켰고, 파올라는 보리 시럽을 주문했다.

웨이터는 달달한 향수를 짙게 풍기고, 바보 같은 추파를 던지며 돌아갔다.

"네게 할 말이 있어." 밀라가 또박또박 끊어 가며 말했다.

햇빛이 가득 쏟아지는 테라스에는 손님들이 칵테일, 카페 라테, 혹은 아몬드 아이스 밀크를 음미하고 있었다. 밀라는 모두 털어놓고 싶었다. 파올라가 자신에게 거는 최면술 때문인지 람페두사 섬의 매력 때문인지 알 수 없었지만 처음으로 자기 얘기를 털어놓고 싶었다. 누구하고도 나누지 못하고 감춰 왔던 이야기였다. 마치 몹쓸 질병이나 되는 것처럼. 그런데 파올라와는 함께 하고 싶었다. 그 갈망만으로도 밀라의 마음은 이미 많이 부드러워져 있었다.

"내가 태어난 곳은 로마야. 1989년이니 17년 전이네. 아빠는 유리 세공 일을 하셨는데 따로 작업장이 있었지. 물론 지금도 그렇지만. 엄마는 변호사 사무실에서 일을 했고. 우리 가족은 무척 행복했어. 정말이야. 트레비 분수에서 멀지 않은 곳에 살았는데, 너도 알지?"

파올라는 부러운 듯 고개를 끄덕거렸다.

"로마에서 제일 아름다운 곳이지."

밀라는 머리를 살짝 끄덕거렸다.

"아마 집세가 무척 비쌌을 거야. 집이 큰 편은 아니었는데, 그런 건 별로 중요하지 않았어. 학교가 끝날 때면 아빠가 종종 유리 세공 작업복 차림으로 나를 데리러 왔어. 그러면 우리는 지하철 B선을 타고 작업실로 갔지. 작업실은 집세가 좀 더 저렴한 테스타치오에 있었거든. 아빠하고 나는 그곳에서 시간 가는 줄 모를 정도로 일에 몰두했어. 나야 아빠가 작업하는 걸 지켜보는 게 일이었지만. 아빠는 이상한 도구들을 마음대로 다루며 유리 가루에 생명을 불어넣는 작업을 했어. 그때 내 눈에 비친 아빠의 모습은 한마디로 마법사였지."

웨이터가 과장된 몸짓으로 주문한 음료를 내려놓는 바람에 대화가 끊겼다. 밀라는 자기 이야기에 몰두하고 있어서 우스꽝스러운 웨이터의 모습에 별로 신경을 쓰지 않았다.

밀라는 입술을 흰 거품에 갖다 댔다. 파올라도 차가운 유리잔을 들고 따라했다.

"그러니까 오랫동안 나는 외동딸로 살았지. 형제자매가 없었지만 난 괜찮았어. 인형도 별로 좋아하지 않았고, 남자처럼 거리를 뛰어다니고 드럼 치는 걸 좋아했거든. 집안일만 돌보는 전업주부가 되고 싶은 건 아니었지만 그렇다고 수의사, 미용사 그런 직업들에도 별로 관심이 없었어. 로큰롤 그룹 밴드에서 드럼을 치고 싶다는 생각뿐이었지. 엄마는 크리스마스 선물로 내게 드럼을 준 외삼촌을 꽤 못마땅해했어."

파올라는 재미있다는 표정을 지으며 귀를 기울였다.

"어렸을 때는 몰랐는데 나중에 커서 엄마가 아이를 더 낳고 싶어 했다는 걸 알게 되었지. 엄마네 가족은 형제자매가 아홉 명이나 되는 대가족이었는데, 엄마는 그런 가족을 원했던 거야. 엄마네 식구들은 모두 서로 가깝게 지냈어. 일요일마다 모여 음식도 만들어 먹고. 물론 서로 다투기도 했지만. 서로들 시시콜콜 온갖 얘기들을 했다나 봐. 아이들 홍역 앓는 얘기부터 별별 얘기들을 다 했대. 애들도 자기들끼리 모여 숱하게 바보짓도 하고, 할아버지는 늘 파스타가 너무 삶아졌다며 사투리로 투덜거리고."

밀라는 잠시 멈추었다. 파올라는 그때까지 얘기하는 데 방해라도 될까 봐 조심스럽게 시럽을 한 모금씩 마시고 있었다.

"부모님은 나 다음에도 동생들이 별 문제없이 태어날 거라고 생각했던 것 같아. 그런데 그게 마음대로 안 됐던 거야. 네 번인가 다섯 번 유산을 했대. 세상은 참 불공평하지. 엄마처럼 아이를 간절히 원하는 사람이 있는가 하면 우리 옆집은 아이가 다섯이나 되는데 너무 많아 탈이라고 불평하곤 했으니. 하루 종일 티브이만 보라고 내버려 두고, 잘 돌봐 주지도 않았다는데."

파올라는 유리잔을 테이블에 내려놓았다. 진지한 표정을 지으며 밀라의 얘기를 듣고 있었지만 한편으로 불편해하는 기색도 보였다.

"다른 엄마들은 아기가 안 생기면 결국 포기하고 스스로 납득할 만한 이유를 찾는다는데, 엄마는 그러질 않았어. 시간이 지날수록 더더욱 집착했지. 머릿속에 그 생각밖에 없었으니까. 아빠가 그러는데, 엄마는 유모차나 임신한 여자가 지나가는 걸 보지 못할 정도였대. 그러면서 매일 성당에 가기 시작했다나 봐. 내가 무슨 말을 하는지 알겠지. 물론 나는 하나도 기억나지 않아. 엄마를 따라다니는 걸 무척 싫어했다는 것만 기억나. 엄마가 노파나 마약중독자처럼 벌벌 손을 떨면서 지갑을 여는 걸 보는 게 무서웠거든. 성당에 들어가면 엄마는 양초에 불을 붙이고 나를 쳐다보지도 않고 똑같은 기도를 쉬지 않고 중얼거렸어. 나 혼자만으로는 불행하다는 듯이. 한번은 엄마가 성당 출구 쪽으로 가는 걸 보고 내가 촛불을 다 꺼 버린 적도 있어."

밀라는 숨을 크게 들이마셨다. 말이 너무 빨라지는 것 같았다. 입 안에 그런 말들을 오래 담아 두고 싶지 않은 것처럼.

"그래서 나는 성당을 별로 좋아하지 않아."

"세상에!" 파올라는 너무 미안해하면서 한숨을 내쉬었다.

"너를 성당에 데려가면 좋을 거라고 생각했는데."

"괜찮아. 아무 말도 하지 않았는데 네가 어떻게 알겠어." 밀라가 애써 미소 지어 보였다. "어쨌든 동생이 드디어 태어났지. 나하고는 터울이 꽤 났어. 동생은 하늘이 내려 주신 선물이었어. 엄마 아빠가 동생을 위해 꾸민 방은 지금도 생생하게 기억이 나. 창문 위에는 아빠가 직접 만든 유리 모빌이 달려 있었지. 햇빛이 비추면 작은 유리 조각들이 반짝이는데, 정말 예뻤어. 한참 뒤 이사 갔을 때 내 방에 그걸 달고 싶어 했는데, 어디에 두었는지 찾을 수 없었어."

밀라는 맥주를 한 모금 길게 마시고 옆자리로 고개를 돌렸다. 언제 왔는지 붉은 립스틱을 두껍게 바른 두 여자아이가 옆에 앉아 큰 소리로 떠들며 웃고 있었다. 파올라는 여전히 입을 굳게 다물고 있었다.

"엄마가 동생을 얼마나 기다렸는지 말로 다 설명할 수 없을 거야. 여전히 그걸 다 이해하고 받아들이는 건 쉽지 않은 것 같아. 동생은 2월 15일에 태어났어. 며칠 뒤 엄마가 아기를 데리고 집에 돌아왔어. 남자아이였는데, 이름은 마뉘엘이었어. '신이 우리와 함께하신다'라는 뜻이야."

밀라는 입을 살짝 삐쭉거렸다.

"애기를 직접 봤는데, 못생겼더라고. 주름투성이에 울긋불긋하고, 아직 다 만들어지지 않은 아이처럼 말이야. 게다가 쉬지 않고 울기만 했어."

파올라의 입가에 엷은 미소가 스쳐 갔다.

"애기들은 다 그래."

"그래. 맞아. 그렇다고 해. 어쨌든 나는 그 아이가 별로 마음에 들지 않았어. 갑자기 어느 날 아빠와 나 사이에 끼어들었거든. 아빠 작업실에서도 내 자리를 차지했지. 나는 더 이상 마법사의 유일한 아이가 아니었어. 그 아이가 부모님을 내게 원래대로 돌려주길 원했어. 옛날처럼."

밀라는 잠시 숨을 돌리고 깊이 숨을 다시 내쉬었다.

"그런데 다섯 달이 지난 어느 날 그 아이가 움직이지 않는 거야. 솔직히 그때 기억이 나지 않아. 이상하게도 그 무렵에 겪은 다른 일들은 생생한데. 물론 내가 지금 말하는 건 모두 아빠한테 들은 것들이야. 아빠가 자세히 애기해 줬거든."

밀라는 맥주 한 모금을 마셨다. 오랫동안 물을 마시지 않은 사람처럼 마셨다.

"그 일은 순식간에 벌어졌어. 동생이 뇌막염으로 입원을 했던 거야. 나는 부모님 친구 집에 가 있어야 했지. 그 집 아들하고 일주일내내 신나게 놀았어. 그건 기억이 나. 정말 재미있었거든. 그 집에는 팝콘도 있고, 비디오게임기도 있었지. 옆에 가까이 와서 다리를 핥는 개도 있었고. 장난감은 넘치도록 많았지. 무슨 말인지 알겠지."

파올라가 고개를 끄덕거렸다. 밀라는 이렇게 많은 말들을 한꺼번에 쏟아 내는 자신이 의아할 뿐이었다.

"그리고 어느 날 저녁, 아빠가 나를 데리러 왔어. 마뉘엘이 죽었다고 했어. 의사들이 동생을 살리지 못했다고 했지."

파올라는 손가락을 밀라의 팔에 가만히 갖다 댔다. 세 개의 가는 팔찌가 서로 뒤엉키며 짤랑거렸다.

"밀라…… 무슨 말을 해야 할지…… 가슴이 너무……."

밀라는 천천히 의자에 몸을 기대고는 두 손을 무릎 위에 가지런히 내려놓았다.

"그런데 정작 나는 마뉘엘이 잘 생각나지 않아. 너무 이상하게 들릴지 모르지만 그렇게 그립지도 않고. 사실 그 아이를 잘 알고 지낸 시간이 별로 없었으니. 날 이해할 수 있어?"

말끝은 옆 테이블에서 들리는 웃음소리에 묻혀 버렸다. 밀라가 다시 말을 이었다.

"내게 정말 끔찍했던 건 마뉘엘의 죽음이 아니라, 그 이후에 내가 겪어야 했던 일들이야. 그 아이의 죽음은 나의 모든 걸 휩쓸어 갔거든. 엄마는 그 이후 자살을 시도했고 아빠는 엄마를 돌보느라 아무 일도 할 수 없었지. 나는 화가 났어. 온 세상이 원망스러웠지. 나는 아직 이렇게 살아 있는데, 엄마가 모든 걸 포기했다는 게 너무 싫었어. 엄마의 우울증 때문에 아빠를 빼앗긴 것도 죽도록 싫었고. 그러다가도 그런 생각을 하는 내 자신이 너무 싫어지기도 했어. 동생의 죽음을 슬퍼하며 진심으로 울어 주지 못한 내 자신이 너무 싫었지."

밀라는 자신의 얼굴에 스치는 감정들을 살피느라 온 힘을 기울이고 있는 파올라를 바라보았다. 밀라는 존경심마저 느껴지는 파올라가 자기에 대해 어떤 생각을 하고 있는지 궁금했다. 그녀의 생각과 판단이 무척 알고 싶어졌다. 어느새 파올라가 밀라의 마음속에 소중한 자리를 차지하고 있었던 것이다.

"그래서 기숙사에 들어가겠다고 했지. 학교가 집에서 너무 멀어서가 아니라 매일 우리의 삶이 달라지는 걸 가까이서 지켜볼 수가 없었기 때문이었어. 마뉘엘이 날마다 다시 죽는 것 같았으니까. 요즘도 그건 여전해. 갑자기 무서워질 때가 있어. 그럴 때면 동생이 태어나기 전의 일들을 떠올려 보곤 해. 그것밖에 위로가 되는 게 없으니. 아무 문제가 없었던 시절, 부모님이 동생을 갖겠다고 마음먹기 훨씬 이전의 시절을 떠올리면 한결 마음이 편안해졌으니까."

밀라는 두 눈에 눈물이 가득 차오르는 걸 애써 참았다. 파올라 앞에서 눈물을 보이고 싶지 않았다. 아직은 마음의 준비가 되지 않았다.

밀라와 파올라 뒤로 좀 전의 웨이터가 젊은 두 여자에게 추파를 던지고 있었다. 그들은 머리카락을 매만지며 싫지 않은 듯 웃고 있었다.

파올라가 잠시 생각에 잠긴 듯하더니, 이내 일어나 주머니에서 지폐를 한 장 꺼내 테이블 위에 올려놓고 귓속말을 했다.

"여기서 나가자. 너하고 같이 가고 싶은 곳이 있어. 위고한테 연락해서 좀 늦겠다고 해야겠어."

둘은 테이블 사이를 지나갔다. 파올라가 밀라의 어깨를 부축하면서 길을 터 주었다.

"밀라…… 울고 싶으면 맘껏 울어도 돼."

아와트, 열여덟 살

다른 사람들한테는 얘기하지 않았지만, 배를 탄 건 난생처음이었다.

나는 바다를 전혀 좋아하지 않았다. 음산한 기운이 드리워져 있는 게 믿을 수가 없었다.

배가 출발하자마자 곧바로 멀미가 났다. 토할 것만 같았다. 아마 뉘엘이 낄낄거리며 날 놀렸다. 배가 흔들리지 않으면 당장이라도 달려가 한 대 쥐어박고 싶었다.

자리에 누울 수 있으면 한결 나을 텐데, 낡아빠진 작은 고기잡이배에는 그럴 만한 공간조차 없었다. 아프리카 체스 게임에서 콩알을 쌓아 놓은 것처럼 우리는 다닥다닥 붙은 채 뒤엉켜 있었다. 게다가 다들 바닷물을 뒤집어쓴 바람에 생쥐처럼 흠뻑 젖어 있었다. 좀 더 크고 제대로 된 튼튼한 배를 탔어야 했는데. 차라리 나무를 깎아 만든 카누가 훨씬 낫지 않았을까. 어쨌든 이보다는 좀 더 튼튼한 배를 탔어야 했다.

게브리엘은 배의 맨 앞쪽에 앉아서 바람과 파도를 온몸으로 받아 내고 있다. 차분해 보였다. 하긴 이 배를 타자고 주장한 장본인이니 할 말이 없겠지. 게다가 어쨌든 게브리엘은 언제나 낙관주의자다. 가끔 그런 그가 부럽기도 했다. 때로는 정신 나가 보일 때도 있지만.

배 운전은 아미르가 맡았다. 에리트레아에서 모터보트를 운전한 적이 있다고 맹세했는데, 거짓말이 아니기를 바랄 뿐이다. 안내원한테 500달러를 더 내고 GPS와 핸드폰도 받았다. 내가 그걸 사용하겠다고 했지만 아미르는 자기가 갖고 있겠다고 고집을 부렸다. 만약 그일로 일이 잘못되면 죽기 전이라도 실컷 두들겨 패야지. 다리에 털이 세 가닥밖에 나지 않은 꼬맹이라도 봐줄 수 없다.

넓은 바다 수면 위로 햇빛이 내리비치자 잔물결이 일면서 금속판 위로 은비늘이 흔들리듯 반짝거렸다. 우리가 이 탈출에서 성공한다는 확신만 있다면 아름다운 바다를 감탄하며 바라볼 텐데. 내가 아와트가 아니라면, 태어나면서 항상 목숨을 부지하려고 애써야 하는 내가 아니라면 말이다.

목이 탔다. 사피야 쪽을 돌아보았다. 그녀는 두 다리 사이에 플라스틱 석유통을 끼고 있었다. 내가 소리쳤다.

"물 좀 줘."

그녀는 눈썹을 찡그리며 고개를 흔들었다.

"안 돼. 넌 오늘 아침에 벌써 마셨잖아. 3일은 더 견뎌야 해. 우리가 여덟 명이라는 걸 몰라서 그래?"

나쁜 년.

잠을 청하려고 애썼다. 배가 고프면 잠이 오기 마련이다. 우리가 뭍을 떠난 이후 벌써 몇 차례 잠을 잤는지 모른다. 배고픔은 얼마든지 속일 수 있다. 미련한 잠 같으니라고! 늘씬한 여자 몸매를 떠올리거나 아예 먹는 걸 상상할 수도 있다. 엄마가 만들어 주던 키프토도 좋고. 허브 버터에 생강을 잔뜩 넣은 키프토를 먹으면 목이 따뜻해질 텐데. 입안에 생소고기가 녹아드는 맛이 밴다. 남자의 몸 아래 숨은 동물성을 깨우는 그 부드러운 맛. 고향을 떠나온 이래 너무나 잘 알게 된 스스로의 동물성 말이다.

한마디로 배고픔을 진정시키려면 이야기를 잘 전해 주면 된다.

반면 목마름은 훨씬 더 고약하다. 쉽게 속아 넘어가 주질 않는다. 영국에 도착하면 커다란 맥주잔에 시원한 맥주를 가득 담아 실컷 마셔야지. 이어 테이블 위에 잔을 탁 하는 소리와 함께 내려놓아야지. 그러면 내 갈색 입술에 흰 거품이 잔뜩 묻어나겠지.

첫째 날 밤. 주위는 온통 새까맣다. 배 아래로는 검은 물이 출렁인다. 머리 위로는 칠흑 같은 어둠이 덮여 있고. 검은 침묵이 우리를 감싸고 있다.

나는 바다가 정말 싫다. 어제보다 더 싫다.

아미르는 15분만 쉬겠다면서 모터 손잡이를 위로 올려놓고 그 옆에서 졸고 있다. 아마뉘엘과 사피야는 서로 손을 잡고 있다. 둘은 알아들을 수 없는 말들을 주고받으며 속삭이고 있다. 이따금씩 그들이 둘이라는 사실이 부러울 때가 있다. 그게 뭔지는 잘 모르지만. 여자

하고 밤을 보내는 거 말고는 누구하고도 같이 있어 본 적이 없다. 그들이 두렵기도 하다. 어쨌든 낯설다.

그들 옆에 있는 피에트로스는 꼼짝하지 않고 있다. 그저 손에 든 묵주만 힘없이 물결에 맞춰 흔들거리고 있을 뿐이다. 게브리엘은 우리에게 자리를 너무 자주 바꾸지 말라고 했다. 안 그러면 배가 균형을 잃을 수 있다면서.

"그래도 작은 고기잡이배라 다행이지. 가볍고, 운전하기도 쉽고, 리비아 군인들한테 눈에 띄지 않으니."

피에트로스는 매우 온순하고 복종도 잘한다. 아니, 성병을 앓고 있는 게 분명하다. 내가 카르툼의 어느 집에서 일할 때 본 흑인 조각상처럼 경직되어 있다. 어쨌든 그의 신은 묵주의 낱알을 떼어 내기 위해 바리모*를 추라고 명령하진 않으니 다행이다.

내 입안에는 항상 토사물 냄새가 배어 있다. 더럽다. 나는 배 밖으로 끊임없이 침을 뱉었다. 딱히 다른 할 일도 없으니 아무 생각 없이 침을 뱉었다. 그러면서 희끗거리는 가래를 계속 연결하려 했지만 게걸스럽게 달려드는 물거품 때문에 흔적도 없이 사라져 버렸다.

나는 아직 절반도 채 지나오지 않았다는 걸 잘 알고 있다. 별 상관없다. 시간이 느리게 흐른다. 아무것도 제어할 수 없을 때면 더더욱 느리게 가는 법이다. 사와 캠프에서 삽을 내려놓을 때가 지금보다

---

*바리모 아프리카의 뿔 국가들의 전통 춤.

더 마음이 고요했던 것 같다. 거기서는 적어도 내가 주인이었다. 나는 내가 명령을 내릴 수 있는 게 좋다.

이번 탈출 계획을 앞두고 당연히 위험을 느꼈지만 그럴수록 실행에 옮기고야 말겠다는 의지가 더 강해졌다. 이 여정이 끝나는 곳에 마지막 갑문이 있다. 그 너머에 새로운 삶이 기다리고 있겠지. 그런데 이 비열한 진드기가 처음부터 내게 달라붙어 떨어지질 않는다. 나약함과 비루함.

주위가 고요하다. 찰랑거리는 파도 소리밖에 들리지 않는다. 나는 이 소리가 끔찍하게 싫다. 축축하고, 고집스러우며 위선적인 소리. 다른 걸 생각해야겠다. 안 그러면 미쳐 버릴 것 같다.

아무도 입을 열지 않는다. 침묵하는 침통함만이 지배하고 있다.

다들 닫힌 입술 뒤로 무엇을 감추고 있는 걸까? 붉은 혈관이 도드라진 두 눈 뒤로 무엇을 감추고 있는 걸까? 희망? 기도? 신뢰? 두려움? 아니면 절망?

우리 이전에 실패했던 사람들 생각은 하지 말자.

그들의 사지가 어떻게 바닷물에 쓸려 퉁퉁 부풀어 올랐는지 알려고도 하지 말자. 저기 우리 아래쪽에 쌓인 채 해체되고 있는지도 묻지 말자.

나는 고개를 들어 올렸다. 하늘에는 별들이 드문드문 떠 있고, 한쪽에서 구름이 몰려온다. 배가 이제 꽤 흔들리는 것 같다. 우리를 인도하기에는 너무나도 가냘픈 초승달 아래로 우리의 그림자들이 배 안에서 힘없이 조각난다. 사피야는 아마뉘엘의 목에 매달려 있다. 다리라고 하기엔 너무나 가느다란 두 개의 막대기 사이에 여전히 오렌지색 석유통을 끼고 있다. 서로 알고 지낸 지도 꽤 지났는데, 지금쯤이면 믿어 줄 수도 있는 거 아닌가? 안 그래? 사실 그녀가 나를 제일 믿지 못하는 게 틀림없다.

그녀 생각이 옳다. 그녀는 비쩍 마른 근육 아래 감추고 있는 짐승을 감지하고 있는 것이다.

게브리엘은 고무 튜브에 등을 기대고 있다. 바보 같은 놈이 자빠져 자고 있다. 제기랄! 어떻게 저럴 수 있지? 바다로 나온 이후 내 자신조차 너무도 낯설게 느껴진다. 도대체 내 안에서 무슨 일이 일어나고 있는 걸까?

나는 허약함을 증오한다.

내 자신이 정말 싫다.

끊임없이 생각을 놓지 않는 내가 싫다. 누군가 뇌의 회로를 끊어 버렸으면 좋겠다.

굳어진 나의 두 다리를 흔들어 본다. 달리고 싶다. 바람에 맞서 머리를 들고, 마치 고향의 붉은 대지 위로 누이를 뒤따라 달려가듯이. 누이는 기쁨과 두려움이 뒤섞인 목소리로 소리치며 나를 앞질러 나가려 했다. 잔돌이 깔린 우물가에 나를 떨쳐 버리려고 하다 갑자기 멈춰 서서는 걱정스러운 목소리로 나를 불렀다. "아와……트? 어디 숨어 있어?"

아직 이틀이 남았다. 하루 혹은 이틀 밤만 지나면 끝일까.

그러면 바다 저 건너편에 도달할 수 있을까.

나는 미소 지었다. 사실 느닷없이 큰 소리로 웃고 싶어졌다. 모두를 안아 주고 싶어졌다.

내 허파가 점점 부풀어 오른다. 심장이 터질 것 같다. 나는 아직 살아 있다.

제기랄, 내 누이여, 이제 거의 다 왔단다.

머리 위로 물방울이 떨어진다.

"비가 온다." 멜로아타가 흐느낀다.

그녀 때문에 짜증이 난다. 매 맞은 개의 눈을 하고 있는 그녀 때문에 짜증이 난다. 메롱이 차라리 낫다. 알고 보면 둘 다 똑같지만. 우리 둘 다. 창자 밑바닥에 다들 분노를 숨기고 있다.

그때 턱 아래에 두 손을 괴고 한숨을 쉬는 소리가 들린다. 눈은 수평선을 응시하고 있다.

"잘됐어. 물도 부족했는데!"

아마뉘엘과 사피야가 미소 지었다. 나는 안절부절못한다. 이상했다. 밤이 깊어 갈수록 바다가 이상하게 느껴졌다. 평상시의 모습 같지 않았다. 내가 원하는 바다의 모습이 아니었다.

폭풍이라도 일면 어떻게 되는 걸까? 우리에게 무슨 일이 일어날까?

그럴 줄 알았다. 좀 더 큰 배를, 트롤선을 선택해야 했다. 이 썩은 고기잡이배를 얻어 타려고 15,000달러나 내다니.

제기랄, 내가 그렇게 주장할 때는 듣지도 않더니.

내 옆에서 사피야가 움직이기 시작했다. 그녀는 오렌지색 석유통 뚜껑을 열더니 메롱이 플라스틱 병으로 잘라 만든 깔때기를 꽂아 빗물을 받는다. 제법 괜찮은 생각이 아닐 수 없다. 나는 어깨를 으쓱해 보였다.

"우리한테 그렇게 물 마시지 말라고 하더니."

빗줄기가 점점 굵어진다. 하늘은 검은 구름으로 뒤덮여 있다.

이제 배 안에는 마른 구석이라곤 1제곱미터도 없다. 빗물이 머리에서 발끝까지 줄줄 흘러내린다. 모든 게 어두운 잿빛으로 음산할 뿐이다. 구름도, 비도, 바다도, 우리의 얼굴들도. 멜로아타가 두 팔로 다리를 웅크려 모았다. 비에 흠뻑 젖은 그녀의 머리카락이 검은 철사처럼 뺨에 달라붙어 있다. 그녀는 바르르 떨기 시작했다. 울고 있는 건 아닐까. 뺨을 한 대 세게 때려 주고 싶었다.

아미르는 고양이 소리로 개처럼 짖어 댄다.

"물을 퍼내야 해!"

"뭐로?" 메롱이 소리쳤다. 두 손으로 두 눈을 가려 비를 피해 본다.

"물을 길어 낼 만한 게 어딘가 있겠지. 스펀지라도 찾아봐. 좀 움직여 봐."

게브리엘은 가지런히 접어 놓은 작은 덮개 아래 스펀지 조각이라도 감춰 놓은 듯이 미친 듯이 앞쪽을 뒤졌다. 우리는 차디찬 손으로 물을 퍼냈다. 사피야는 깔때기를 만들고 남은 플라스틱 병을 사용했다. 그녀는 어쨌든 똑똑한 구석이 있었다. 그녀를 데려오길 잘한 셈이었다. 여전히 토하느라 정신이 없었지만, 카르툼에서 아마뉘엘이 사피야를 우리 숙소로 데려왔을 때 내가 앞장서 아마뉘엘에게 마구 욕을 했던 기억이 난다. 탈출 여정을 끝내려면 아직도 많이 남아 있는데, 신중하지 못하게 여자를 데려왔다고. 거지 같은 일이다. 사랑이라니!

나는 계속해서 물을 퍼냈다. 아무리 퍼내도 물은 줄어들지 않는다. 무슨 일이지? 한 가지 일에만 몰두하려고 애를 쓰지만 머리가 복잡해지는 건 어쩔 수가 없다. 우리 전에 떠난 이들은 죽어 돌아왔는데. 그들도 이렇게 했을까? 물을 퍼내기 시작했을까. 난파선들도 처음에는 헤어 나오려고 무슨 일이든 했을 게 아닌가?
게브리엘이 소리쳤다.
"스펀지 없어. 아무것도 없어!"
하여튼 남자들은 웃긴다니까. 우리가 지금 소말리아 안내원이 대충 수리한 작은 배를 타고 있는 거지. 먹을 것과 먼저 유혹하는 여자들로 가득한 별 세 개짜리 여객선을 타고 있는 게 아니란 말이다.

파도가 깨어나기 시작한다. 고개를 들고 하늘을 올려다본다. 맑은 구석이라곤 조금도 보이지 않는다. 물을 푸는 걸 중단한다. 아무 소용이 없다. 퍼낼수록 더 많은 물이 배 안으로 들어온다.
나는 배 벽 쪽에 무릎을 꿇고 앉는다. 다른 사람들이 무슨 짓을 하든 상관할 바 아니다. 내게 남은 일은 오직 충격 방지 튜브를 따라

구불거리는 손잡이에 매달리는 것이다. 바다 표면에 하얗게 거품이 인다. 아무리 쳐다봐도 바닥이 보이지 않는 깊은 바다가 비누 거품으로 일렁거린다. 그 위로 검고 단단한 파도 덩이가 천천히 밀려온다.

하늘이 점차 꺼져 가고 있다.

곧 밀어닥칠 폭풍우는 그야말로 무시무시한 창조물이다. 그것은 모켈레 므벰베*의 아버지며, 아프리카의 들판과 사막을 헤매는 다른 괴물들의 아버지다. 그 괴물이 우리를 여기까지 뒤쫓아 온 것이다. 우리가 나라를 버리고 떠나는 걸 원치 않았기에 뒤쫓아 왔다. 집에 머물러 있어라, 아무리 죽음이 기다리고 있어도 너희들 나라에 머물러 있어라, 아니면 죽음을 맞이할 거라고 외치면서. 그의 거친 숨소리가 들린다. 두근거리는 그의 심장 소리가 들린다. 그는 되새김질하고 있다. 천천히 익어 가고 있다. 그는 시간을 충분히 가지고 결정적인 순간을 기다리고 있다.

이 머저리 같은 장난감 배는 산산이 부서질 테고, 우리는 막 볶기 시작한 옥수수 알갱이처럼 배 밖으로 튕겨 나가겠지.

나는 고무 튜브에 몸을 바싹 기댔다. 형체가 분명한 어떤 것, 단단한 걸 느끼지 않고는 견딜 수가 없었다. 두 눈을 감고 비를 쏟아 내기로 작정한 하늘을 올려다보았다.

---

*모켈레 므벰베 코에 외가닥 뿔을 가진 용각류 공룡.

내 몸이 갑자기 불어닥친 거센 바람에 쏠려 배 건너편 쪽으로 나뒹굴었다. 오른쪽 뺨이 아마뉘엘의 무릎에 맞닿았다. 그의 입에서 둔탁한 신음 소리가 새어 나왔다. 나는 아무 소리도 내지 않으려고 이를 꽉 물었다. 어떻게든 몸을 일으켜 세우고는 퍼붓는 빗속을 뚫고 네 발로 기어서라도 내 자리로 돌아가려고 안간힘을 썼다. 어제만 해도 그렇게 잔잔하던 파도였는데 믿기질 않았다.

격랑이 이는 바람에 몸의 균형을 잡기가 힘들었다. 겨우 몸을 일으켜 세워 한쪽으로 기운 배 바닥에 미끄러지지 않으려고 했다. 집채만 한 파도가 몰아쳐 나를 넘어트리더니 배 건너편 벽을 훑고는 그대로 바다로 뛰어 들어갔다. 어떻게 이 배를 탈 생각을 했던 거지? 멍청한 게브리엘의 말을 어떻게 믿었던 건지?

우리 주위로 회오리바람 소리처럼 윙윙거리더니 흰 거품이 일면서 수면이 부글거렸다. 이내 풍랑이 일더니 머리를 마구 흔들고, 위를 비틀어 놓았다. 팔다리가 더 이상 내 말을 듣지 않고 제멋대로 움직였다. 바다에 달린 수천 개의 팔들이 부서지기 직전인 배 밑을 마구 휘둘렀다. 탐욕스러운 혀를 날름거리는 바다 밑으로 배가 두 쪽으로 쪼개지는 장면이 머릿속에 떠올랐다. 눈도 제대로 뜨지 못한 채 몸을 지탱할 밧줄을 찾으려고 사방을 더듬거렸다. 비의 장막을 뚫고 날카로운 비명 소리가 들려왔다. 하지만 그다음으로 들려오는 소리는 여전히 출렁대는 파도 소리밖에 없었다.

나는 순간 바다 저 밑바닥에서 거대한 폭풍우를 준비하고 있다는 걸 깨달았다.

파도.

악몽에 시달린다. 파도가 배를 끌어당긴다. 파도가 게걸스럽게 배를 삼키고, 먹어 치우고, 부숴 버린다. 파도가 우리를 찾고 있다는 걸 느낄 수 있다. 파도가 우리 혈관을 타고 흐르는 희망을 먹어 치우려고 한다.

파도가 일더니 우리를 마구 흔들어 서로 부딪치게 만든다. 두 눈을 떠 보니 흰 거품이 버티고 있다. 무시무시할 정도로 가까이에 와 있다. 배는 이제 거의 왼편으로 기울었다. 부딪치고, 깨지는 소리, 끊임없이 이어지는 비명 소리가 들린다. 여자애들 소리인지, 남자애들 소리인지 알 수가 없다. 아니 파도 소리, 비바람 소리인지도 모른다.

이제 우리는 미래가 더 이상 존재하지 않는 지점에 서 있다. 더는 두려울 것도 없다. 저기서 죽음이 다가오는 게 보인다.

배는 다시 수평으로 제자리를 찾았다.

그림자 하나가 힘겹게 일어선다. 어쩌면 내 그림자일지도 모른다. 메롱이었다. 쏟아지는 빗속에서 그녀가 서서 비명을 지른다. 하늘을 향해 고개를 쳐들고 자신의 목소리를 듣고 있는 모든 것에 대고 욕설을 퍼붓는다. 바다, 아버지, 비, 그리고 우리를 거부하는 이탈리아 해변, 피에트로스와 멜로아타가 서로 옳다고 싸우는 신들을 향해. 그들은 둘 다 틀렸다. 이 배 안에는 어느 신도 우리와 함께 있지 않았다.

세 번째 비를 동반한 돌풍에 쓸려 내 몸이 완전히 뒤로 나뒹굴었다. 순간 머리가 둔탁한 뭔가에 세게 부딪쳤다. 뜨거운 액체가 머리

뒤쪽으로 천천히 흘러내렸다.

따뜻한 기운이 온몸에 퍼진다.

두 눈을 떴다. 고통스럽다.

하늘은 어느새 말끔하게 씻겨 있다. 곳곳에 잿빛 누더기 구름이 떠다닐 뿐이다. 나는 몸을 일으켜 세웠다. 바다는 너무도 잔잔했다. 배도 고요했고. 내가 꿈을 꾼 건 아닌가? 폭풍우는 흔적도 없이 물러갔다. 목에 손을 대 보았다. 끈적끈적한 핏자국이 묻어났다.

한쪽 눈만 뜬 채 주위를 돌아보았다. 다들 보이지 않으면서도 동시에 앞을 가로막는 자욱한 안개 속에 증발된 듯 존재감 없이 덩그러니 놓여 있었다. 혼돈과 절망 속에 갇혀 있었다.

어딘지도 모르는 곳에서 갑자기 외로움이 몰려왔다. 그러면서도 어딘가 우리의 오른쪽, 왼쪽, 앞에, 혹은 뒤에 세상이 존재하고 있다는 걸 안다. 유럽인들은 우리가 이렇게 자기들한테 가려고 죽을힘을 다하고 있는데 도대체 어디서 뭘 하고 있는 걸까? 밥을 먹고 있는 걸까? 아니면 사무실에서 복잡한 서류 더미를 앞에 두고 씨름하고 있는 걸까?

내 엉덩이와 다리가 물에 잠겨 있다는 걸 깨닫고 있는 사이에도 사피야는 힘없이 계속 물을 퍼내고 있다. 손가락은 잔뜩 주름이 잡혀 쪼글거리고, 얼굴하고 두 팔이 따끔거렸다. 수십억 마리의 벌레가 갈라진 내 입술과 잔뜩 부풀어 오른 목 안을 갉아 먹고 있는 것만 같았다. 지금까지 내 몸에, 지나온 여정이 그대로 남아 있는 수많은 상처들을 갉아먹고 있는 것만 같았다. 빌어먹을 소금기 같으니라고!

나는 손가락 사이로 빠져나가는 종잇조각을 붙들었다. 사피야가 우리를 위해 가져온 비스킷 포장 박스 중 하나였다. 빌어먹을 배, 빌어먹을 배, 빌어먹을 삶, 먹을 만한 건 하나도 보이지 않는다.

"익히지 않은 날 생선을 좋아해야 할 텐데." 게브리엘이 마치 내 생각을 알아채기라도 한 듯 불쑥 말했다.

메롱이 휘파람을 불었다.

"물고기는 어떻게 잡을 건데? 물고기가 알아서 이 배로 혼자 뛰어 들어올 것 같아?"

그녀는 늘 그랬듯이 까칠했다. 그런데 나를 더 분노하게 만든 건 그 말 속에 녹아 있는 절망감이었다. 왜냐하면 이미 나를 갉아먹고 있는 절망감이 더 크게 느껴지기 때문이었다.

나는 자리에서 일어나 티셔츠와 반바지를 벗었다. 옷들이 너무 축축했고, 소금에 절어 있었다. 배에서 애써 일어나 볼일을 보지 않기 시작하면서 그대로 바지에 지린 오줌 때문에 시큼한 냄새까지 배어 있다. 몸이 추울 때 바지에 오줌을 누면 얼마나 기분이 좋은지 모른다.

옷이 다 마르기 전에는 다시 입지 말아야지. 나는 젖은 옷을 비틀어 짜고 미지근한 고무 튜브 위에 펼쳐 널었다. 이탈리아에 가면 내 옷은 내가 빨아 입어야지. 어쩌면 우리 몸에서 기분 좋은 비누 냄새가 날지도 모른다. 고향에 있을 때 엄마가 청소하는 호텔에서 가져온 비누에서는 재스민 향기가 났다.

아미르는 뚜껑이 열린 모터 위로 몸을 기울이고 있다. 나는 발목까지 차오른 물을 헤치며 그에게 다가갔다. 영국에 가면 절대 바다 가까이 가지 않을 생각이다. 어쨌든 내가 바다를 보려고 영국에 가는 건 아니니까. 하긴 그곳의 바다는 모두 얼어 있다고 했다.

아미르는 걱정스러운 눈빛으로 주위를 돌아보았다. 힘겹게 침을 삼키고는 이를 꽉 다물었다. 다들 왜 저런 눈으로 쳐다보는 거지? 어쩌다 내가 이렇게 바보 같은 사람들 사이에 끼어 있는 거지?

"제기랄, 모터가 고장 났어."

나는 한 대 맞은 것처럼 당황했다.

"확실해?"

그는 그렇다는 뜻으로 혀를 끌끌거렸다. 늘 듣던 소리였는데 순간 참을 수가 없었다. 나는 소리를 버럭 질렀다.

"핸드폰 내놔 봐. 안내인한테 전화를 걸어야겠어. 그가 말해 줄 거 아냐. 어떻게 할지 얘기해 줄 거 아냐."

나 역시 바보 같은 말이라는 걸 안다. 안내인들이 친절하게 애프터서비스까지 해 준다는 듯. "당연하죠. 계약서에 모두 포함되어 있죠. 여기서 살아남은 고객이라면 우리가 제공한 서비스에 만족해하는 사람들일 테니까요."

내 뒤로 멜로아타가 속삭이는 소리가 들렸다.

"비바람 칠 때 핸드폰을 바다에 빠트렸어. GPS도."

나는 다급하게 몸을 돌리며 말했다.

"그러니까 우리한테 남은 게 하나도 없단 뜻이네?"

그녀가 고개를 끄덕거렸다. 그녀의 짧은 머리칼이 소금기로 인해 빳빳했다. 나는 당황하는 눈빛으로 내 쪽을 보고 있는 아미르를 쏘아보았다. 그의 얼굴을 박살 내야겠기에 달려들었다. 멍청한 녀석 같으니라고.

"아와트, 그만해!" 메롱이 소리쳤다.

아마뉘엘이 내 두 팔을 붙드는 걸 보고 나는 더 반항했다. 도대체 무슨 생각을 하고 있는 거지? 다들 여기에 모여 있는 게 누구 덕분인데. 내가 없었다면 공사판에서 썩어 죽었을 녀석. 한 달에 150낙파만 받고서. 내가 빼내 준 건데. 내가! 자기들 혼자 힘으로는 결코 트리폴리까지 오지 못했을 거면서. 내가 안내인을 선택했다면 지금 이 고생을 하고 있진 않았을 텐데.

"조용히 해. 아와트! 지금 그런다고 무슨 소용이 있어."

이런 말들이 내 귀에 전혀 와 닿지 않았다. 나는 계속 소리쳤다. 주먹을 쥐고 하늘을 찌르고 헛발질도 했다. 누가 맞든지 상관할 바 아니었다. GPS와 핸드폰을 내가 챙겼어야 했다. 내가 신경 쓰지 못한 게 더 화가 났다. 그 사실이 이 빌어먹을 바다보다 더 화가 났다.

잘못 주먹질을 하는 바람에 온몸이 휘청거리다 바닥에 고꾸라졌다. 나는 다시 일어나 손을 내 입에 갖다 댔다. 내 손가락에 묻은 핏자국이 물과 뒤섞이면서 가느다란 진홍빛 아라베스크 무늬를 그려냈다.

아마뉘엘은 나를 뚫어지게 쳐다보았는데, 그의 두 눈은 분노의 불꽃으로 이글거렸다.

"아와트, 도대체 왜 그래? 우리가 지금 이러고 있을 때야?"

나는 튜브 위로 몸을 내던졌다. 우리가 지금까지 무슨 일을 겪은 것일까. 지금까지 목격한 부당함, 썩은 내 진동하는 것들, 오랫동안 내 삶에 끈적거리며 달라붙어 있는 빌어먹을 것들! 그들이 내 누이를 데려갔을 때도 그러지 못했는데……. 처음으로 뜨거운 눈물이 흘러내렸다.

짐승의 가죽 아래 인간의 모습이 남아 있었던가.

우리의 목적지인 유럽의 땅은 그리 멀지 않다. 그 땅과 우리들 사이에 이제 더는 카라슈니코프 소총도, 라사이다족도, 고문도, 군인도 없다. 끝없이 펼쳐 있는 빌어먹을 물의 사막만이 우리를 죄수로 묶어 두고 있을 뿐이다.

나는 헤엄칠 줄 모른다.

"이제 우리 어떻게 되는 거야?" 멜로아타가 나지막한 목소리로 속삭였다.

"그냥 흘러가게 내버려 둬." 아미르가 소리를 죽여 중얼거렸다. "선택의 여지가 없으니. 운이 좋으면 바다가 우리를 해안으로 실어다 주겠지. 아니면 우리를 구해 줄 배를 만날 수도 있고."

목이 탄다. 배도 고프다. 온몸이 너무 아프다.

얼마나 지났을까? 7일째 밤인가? 더 이상 날짜를 꼽지 않는다. 숫자가 두렵기만 하다.

이틀 전부터 석유통은 텅텅 비어 있고, 하늘은 절망으로 푸르다.

목이 이렇게 타는데 왜 비는 내리지 않는 건지.

배는 수십억 제곱미터의 바다 위에 떠 있지만 정작 그 물을 마실 수가 없다. 죽음의 냄새가 우리의 몸에 스멀스멀 기어 다닌다. 그렇지 않은 게 오히려 말도 안 되는 소리겠지.

무엇이라도 먹고 싶다. 파파야 열매 맛이 어땠더라? 날카로운 이로 씹어 먹는 고기 맛이 어땠지? 참을성 없는 미뢰 위로 터지는 맛의 분자가 어땠지?

목이 탄다. 물을 마시고 싶다.

피에트로스는 종일 묵주의 알갱이를 돌리고 있다. 신, 예수, 마리아, 성신, 가브리엘 천사들이 모두 묵주 위를 지나갔다.

멜로아타도 아랍어로 기도를 올린다.

나는 아무것도 믿지 않는다.

오늘 아침, 멜로아타가 이상한 말을 중얼거리기 시작했다.

우리들 중 가장 나약한 그 아이가 앞으로 얼마나 버틸 수 있을지.

매시간 지날 때마다 그녀의 정신이 조금씩 분열된다. 아주 천천히 작은 불을 지피듯이.

그녀가 횡설수설 내뱉는 말들 때문에 처음 배에 올랐을 때 느꼈던 구토증이 일어난다. 그녀의 잿빛 얼굴, 알아들을 수 없는 중얼거림, 적어도 나는 나의 신에게 왜 나를 버리는지 묻지 않아도 되니 다행이다. 미에*에 취한 술주정뱅이처럼 나도 횡설수설이다.

생명의 소리가 사라져 간다.

사피야가 단호하게 말했다.

"우리 서로 뭐든지 얘기하자. 구체적인 것에 매달려야 해. 추억 같은 거 말이야. 안 그러면 우리들 모두 미쳐 버리고 말 거야."

나는 동의했다. 그녀의 말이 옳다. 지나치게 생각에 빠져들지 말고 뚜렷한 의식을 유지하고 있어야 한다. 내 머리도 온전치 못한 것 같다. 마녀가 주술을 걸어 놓은 것만 같다. 마녀와 단둘이 마주하고 있는 것 같아 두렵다.

내가 한 가지 제안을 했다. 각자 자기가 여기까지 어떻게 왔는지를 얘기하자고 했다. 아무나 시작해도 좋다고 했다. 나는 내 손목에 차고 있는 놋쇠 줄 팔찌 얘기를 할지도 모르겠다. 내 누이가 붙들려 가기 전에 내게 준 팔찌 얘기를.

그런데 아직은 내 차례가 아니다.

"오줌은 마셔도 돼. 사막에 있을 때 그렇게 했어."

메롱이 입을 열었다.

나는 웃고 싶었지만 기운이 없어 그러지도 못했다.

너무 피곤했다. 아니, 단지 피로감이 아니다. 이제 내 삶의 끝에 도착한 것 같다. 이제 몇 미터만 더 가면 낭떠러지다. 허공이고, 무의 세계에 도달한다.

나는 조용히 떠나올 때부터 나를 따라다니던 말들을 떠올려 보았다. 나를 버티게 해 주었던 말이었다. 피에트로스나 멜로아타가 드리

＊미에 꿀로 만든 15도의 술.

182

는 기도처럼.

"헬로우, 마이 네임 이즈 아와트야. 아이 캔 워크, 아임 브레이브."

어떻게 한 척의 배도 지나가지 않는 거지? 육지는 왜 보이지 않지? 우리가 바다 어딘가 떠 있다는 건 알고 있다. 불빛이 반짝이는 해변 마을도 어딘가 있을 거라는 것도.

"네 티셔츠 무슨 색깔이야?"

멜로아타가 아무 대답도 하지 않는다.

"제기랄, 무슨 색깔이냐고!"

메롱이 그녀를 붙들고 대추나무를 흔들 듯 흔들어 댔다. 멜로아타는 아무 반응도 없다. 초점 잃은 인형 같은 두 눈을 하고는 우리를 집어삼키는 밤의 파도를 응시하고 있을 뿐이다.

춥다. 고향에서는 한 번도 느껴 보지 못한 감각이다. 얼어붙은 강들이 천천히 나의 혈관 속으로 응고해 들어오는 것만 같다.

어제 게브리엘이 바닷물을 마셨다. 그렇게 하면 더 오래 버틸 수 있다고 했다. 나도 따라 마셨는데 몽땅 토해 낼 뻔했다. 그런 맛은 처음이었다.

우리가 좀 더 큰 선박을 빌려 탔다면 닭을 가져올 수 있었을 텐데. 그만큼 자리가 충분했을 테니. 그러면 닭의 목을 비틀어 피를 마시고 끔찍한 갈증을 해결할 수 있었을지도. 닭고기는 위경련을 잠재울 수 있었을 테고.

아마뉘엘과 사피야는 둘이 딱 달라붙어 있다. 서로 몸을 기대고 있는데 이 순간처럼 서로를 필요로 했던 적이 없을 것만 같다. 나도 타인의 온기를 느끼고 싶었다. 누군가가 나를 만져 주면 좋을 텐데.

나는 죽어 가고 있다. 죽어 가고 있다. 바다는 계속해서 비웃는다.

가끔씩 피에트로스가 침묵을 깨고 솟구쳤다. '만일'이라는 말을 밑도 끝도 없이 해 댔다.

"만일 우리가 비행기를 탔으면 어땠을까? 이 배 대신에 말이야. 비행기로는 더 빨리 갈 수 있겠지. 닻이 없을 테니. 특히 붉은색, 붉은색이 가장 빠르거든. 회전 경보등도 있고."

"만일 우리한테 동전이 있으면 공중전화를 걸 수 있을 텐데. 콜택시도 부를 수 있고."

"만일 천사가 우리를 볼 수 있으면 우리한테 돈다발을 뿌려 주고, 고기 불레트*도, 여권도, 양초도, 마른 스웨터도 그리고 무궁화 시럽도……?"

"만일 우리가 에펠탑을 볼 수 있다면 어떨까? 파리에는 거리마다 향수를 뿌린다던데?"

"만일 우리가 다른 곳에서 태어났다면?"

그러고는 다시 환각에 사로잡힌 탈진 상태로 빠져든다.

그는 마치 스스로를 달래듯이 몸을 앞뒤로 흔들었다. 세네이라고 불리던 마을 입구에 살던 늙은 군인처럼 말이다. 그는 독립 전쟁 때 두 팔을 잃었고, 이후 이도 모두 빠졌다. 동네 아이들은 그의 오두막

---

*불레트 생선이나 육류를 다져서 빵가루 입혀 튀긴 완자.

집 앞을 지나가지 않으려고 멀리 돌아가곤 했다.

게브리엘은 한숨을 쉬면서 말했다. 자기네 고향에서는 아이가 태어나면 두 번 축복을 해 준다고. 한 번은 오래 살라고 축복하고, 또 한 번은 유럽에 갈 수 있는 행운이 아이에게 깃들길 빌어 준다고 했다.

게브리엘의 목소리를 들으며 잠에서 조금씩 깨어나기 시작했다.

날이 밝아 오고 있었고, 주위는 장밋빛과 보랏빛으로 반짝거렸다. 언제부터 잠이 들었던 걸까. 어제, 아니 오늘 밤 무슨 일이 일어났는지 기억이 나지 않았다. 꿈을 꾸었나. 영국에서 마신 맥주는 아주 훌륭했다고 말해야지. 몹시 취해 있었던 것 같다. 머리가 터질 것처럼 너무 아팠다. 아버지가 이런 내 모습을 보면 한 대 세게 때렸을 텐데.

"저기 보이는 게 바닷가 아니야? 절벽이야?"

나는 그 소리가 게브리엘의 목소리인지 아니면 내가 상상해 낸 소리인지 알 수가 없었다. 머리가 이상해지는 것 같았다. 게다가 목도 끔찍하게 마르고.

목이 탔다. "이봐 내 말 들려? 개가 짖는 것 같아."

잠깐만 기다려 봐. 내 머리가 이상해진 거라면 아주 좋은 징조야. 내가 매번 비정상이라면 그걸 알아채지 못했을 테니까.

아무도 게브리엘에게 대꾸하지 않는다. 침묵에 죽음의 색이 배어 있다. 조금 전 멜로아타가 배 밖으로 몸을 내밀도록 붙들어 주어야 했다. 그녀는 결국 모든 걸 다 비워 냈다. 죽어 가는 사람들은 결국 모든 걸 다 비워 낸다더니. 그게 인생인 걸 어쩌랴! 나는 시장에 파파야와 오크라를 사러 갈 것이다. 누이에게 우리를 위해 인제라를 구워 달라고 해야지. 인제라는 정말 맛있다. 특히 내 누이가 만든 건 더 맛있다. 그녀는 반죽을 숙성하는 비법을 잘 알고 있다. 내가 결혼을 하게 되면, 내 아내는 요리를 아주 잘하는 여자면 좋겠다. 그 정도는 기본 아닐까.

게브리엘이 툭툭 끊어 가며 말을 한다.

"저기 안 보여? 저기 말이야."

나는 몸이 너무 무거워 움직일 수가 없다. 두 팔과 다리는 물론 목이 얼음처럼 굳어지지 않게 하려고 발버둥 친다. 엄청난 에너지를 들여 게브리엘이 가리키는 방향으로 고개를 돌린다. 그리고 메롱의 등에 기댄 채 몸을 웅크리고 바닥에 드러눕는다. 그가 무색의 스웨터를 입고 있는 것 같다.

바다, 바다 그리고 또 바다. 이 빌어먹을 바다밖에 아무것도 보이지 않는다. 바다가 자신의 시커먼 등에 우리를 태우고 이리저리 끌고 다닌다.

혹시 천국의 아페웨르키 대통령이 한 농담 들어 본 적 있어? 로멜이라는 남자아이가 해 준 얘기야. 사와 캠프에 같이 있던 아이야. 제기랄, 얘기 끝이 어땠는지 아무 기억이 없네.

잠깐, 그런데 아페웨르키가 누구라고 했지? 아페웨르키 아페웨르키아페웨르키 뭐라고?

나는 더 이상 이 세상에 속해 있지 않는다. 검은 바다에 속할 뿐이다.

다시 잠들고 싶다. 여기 말고 다른 곳에 있는 꿈을 꾸고 싶다. 여기가 아니라면 어디든 상관없다.

물의 환호 소리 같은 게 들린다.

다시 몸을 일으켜 멜로아타가 누워 있는 곳을 바라본다. 조금의 움직임도 없다. 너무 흉측한 자세로, 빳빳하게 굳은 채 누워 있다. 어떻게 두 눈을 뜬 채 잠을 잘 수 있는 걸까? 그러면 안 되는데, 제기랄, 진짜! 넌 그래도 여자잖아. 그러면 안 돼. 정말 보기 밉상이란 말이야.

나는 다시 물에 떨어지는 게 뭔지 보려고 몸을 일으켜 고무 튜브에 기대 본다. 그러다 미끄러진다. 다시 손으로 밧줄을 꼭 붙든다. 다시 일어선다. 몸이 천근만근이다. 고무 튜브가 50미터 더 커진 건 아닐까. 어쨌거나 고무일 뿐이다. 물이 조금만 있으면 태양까지 밀어 버릴 수 있다.

게브리엘이 물속에 있다. 가느다란 두 팔로 오렌지 석유통을 끌어안고 있다. 그걸 튜브처럼 붙들고 있다.

"게브리엘, 물속에서 뭐 하고 있는 거야?"

"아와트, 난 아직 힘이 남아 있어. 뭍까지 갈 수 있어. 가서 너희들을 데리러 올게. 난 할 수 있다고."

확실하진 않지만 내가 미소를 지었던 것 같다. 머릿속으로 미소를 짓는 모습을 상상만 했을지도 모른다. 어쨌든 상관없다. 그 미소가 나를 따뜻하게 해 주고 있으니. 한 번 더 머릿속으로 좀 전의 미소를 지어 봐야겠다.

게브리엘에게 내 누이의 놋쇠 팔찌를 건네주고 싶은데. 너는 반드시 유럽의 땅을 밟을 수 있을 거라고 힘주어 말했다.

하지만 내 팔이 너무 무겁다. 마음대로 움직일 수가 없다.

나의 두 눈마저 게브리엘 머리 위에서 감긴다. 그는 오렌지 빛 수통에 매달려 있었는데 허리 아래가 없는 것처럼 보인다.

헤엄쳐서 가. 게브리엘 헤엄쳐서 가.

아마뉘엘, 메롱, 아미르, 사피야. 피에트로스, 멜로아타 그리고 나는 여기서 기다리고 있을게. 꼼짝하지 않고 기다리고 있을게.

참, 영국에 가면 내가 맥주 한잔 살게.

18장

    밀라와 파올라는 마을 어귀에서 동쪽으로 난 오르막길로 접어들었다. 아주 잠깐이었지만 밀라는 파올라가 자기를 집에 데려다준다고 생각했다.

    파올라에게 길을 잘못 들었다고 스쿠터를 세우라고 소리를 지르려고 하는데, 갑자기 수평선이 떨리기 시작했다. 무슨 일인지 깨닫기도 전에 도로 상태가 달라져 있었다.

    파올라가 포장도로를 벗어나 벼랑 쪽을 향해 곧바로 달리고 있었다. 두 발 달린 스쿠터로 선인장과 위험한 식물들투성이인 험악한 자갈길을 내달리고 있었다. 길이라고 할 수도 없는 곳이었다. 이 부근을 잘 알지 않고는 감히 들어설 수 없는 그런 길이었다. 밀라도 여러 번 자전거로 근처까지 와 본 적은 있어도 한 번도 포장도로를 벗어날 생각은 하지 못했다.

    기복이 심하고, 습하고, 사람의 발길이 잘 닿지 않는 해안이라는 건 오랑제 곶과 비슷했지만, 한 가지 다른 건 바다에 이르는 길이 전혀 보이지 않는다는 사실이었다. 아무리 주위를 둘러봐도 높다란 벼랑들만 버티고 서 있었다.

파올라가 모터를 끄고는 고양이처럼 날렵하게 스쿠터에서 내렸다. 밀라도 그녀를 따라 내리고는 헬멧을 벗었다. 파올라를 잠시 넋나간 표정으로 바라보았다. 놀라움과 호기심이 동시에 일었다.

"어디 가는 건데?"

파올라의 두 눈에 알 수 없는 섬광이 스쳐 지나갔다. 한바탕 절망의 파도가 밀라의 가슴을 휩쓸고 지나갔다. 벌써 한 시간째 모든 걸 파올라에게 맡긴 채 무슨 얘기라도 해 주길 간절히 기다리고 있는데. 그냥 스쿠터로 한 바퀴 산책한 게 전부인가? 아무것도 이해하지 못한 건 아닐까. 아니면 선인장 밭에 맨발로 춤추면서 나쁜 생각이라도 털어 내려는 건가?

밀라는 입술을 가만히 깨물면서 혼란스러운 마음을 진정시키려 애썼다. 파올라는 자기를 실망시킬 아이가 아니었다. 절대 그럴 친구가 아닌데. 밀라는 정신을 차릴 수 없었다.

"말로 설명하기 어려워. 그냥 눈으로 보면 알게 될 거야. 나를 따라와 봐."

나를 따라와 봐. 그녀의 입에서 나는 휘파람 소리가 얼마나 부드러웠는지 모른다.

밀라는 무슨 말을 하고, 어떻게 행동해야 할지 몰라 배낭의 끈을 다시 탄탄하게 조여 매고, 두 손을 청바지에 찔러 넣었다.

그러고는 파올라를 뒤따라 걷기 시작했다. 그녀의 발걸음을 따라

조심스럽게 미끄러지듯 내딛었다. 부드럽게 미풍이 일면서 밀라의
슬픔을 풀어 헤쳐 주는 것만 같았다.

밀라는 점점 자신이 바다를 향해 걸어가고 있다는 걸 보고 당황
하기 시작했다. 저 너머로 무엇이 기다리고 있을까. 파올라가 갑자기
여기로 나를 데려오고 싶을 만큼 특별한 게 뭘까? 람페두사의 지도
에는 이쪽 해안가가 나와 있지 않았다. 게다가 르 프앵트 오랑주에서
이렇게 가까운 곳인데.

순간 무릎 뼈 쪽이 무언가에 긁힌 것 같았다. 너무 아파 얼굴이
일그러졌다.

밀라는 멈춰 서서 다리를 살폈다. 무릎 주위 살갗에 긁힌 자국이
선명하게 나 있었다. 그 위로 붉은 석류 빛 구슬방울들이 동글동글
맺히기 시작했다. 우아한 꽃대가 떠받들고 있는 용설란에 긁힌 것이
었다. 용설란 나뭇잎에 자잘한 가시들이 박혀 있다는 걸 알았어야
했는데.

그녀는 주위에서 재빨리 뭔가를 찾아 두리번거렸다. 이내 통통한
알로에 가지를 꺾어 상처 난 곳에 끈적끈적한 과즙을 올려놓았다.
그야말로 즉석에서 조제한 신선한 진통제였다. 할머니가 알려 준 비
법이었다. 밀라는 약초와 향신료의 효능에 대해 어릴 때부터 할머니
한테 수없이 들어서 잘 알고 있었다. 사촌들과 나는 우리들 부모님
이 그랬던 것처럼 할머니의 민간 치료 덕을 톡톡히 보며 자랐다. 모
기한테 물리면 풍접초의 잎이 즉효고, 기침에는 레몬 껍질을 넣어

만든 술이 좋고, 배가 아플 때는 고수 알갱이, 잠이 잘 안 오면 오렌지 꽃 차, 열이 많을 때는 야생 제비꽃 차가 효력이 있었다.

갈매기 울음소리를 듣고 밀라는 자리에서 일어섰다.

주위를 돌아보니 파올라가 보이지 않았다. 어디에 간 거지? 근처에 숨을 곳도 없는데. 석회암질로 된 울퉁불퉁한 도마뱀 양탄자 같은 곳이라면 몰라도. 멀리 스쿠터에 햇빛이 반사되는 게 보였다. 바다 한가운데 서 있는 등대 불빛 같았다.

"파오오올라!"

밀라는 귀를 기울이며 다시 주위를 돌아다보았다.

이어 절벽 끝까지 달려가 보았다. 귓전에 윙윙 소리가 나면서 순간 두려움에 휩쓸렸다. 설마 바다로 떨어진 건 아닐 텐데.

밀라는 천천히 무릎을 꿇어 보았다. 바닥에 몸을 가까이 댈수록 현기증이 사라지는 것 같았다. 툭 튀어나온 석회암 두 개에 거의 매달린 채 걱정스러운 눈으로 아래쪽을 내려다보았다. 다행히 벼랑이 그리 높진 않았다. 바다에서 4, 5미터 정도 높이였다. 파도가 흰색에 가까운 암석 벼랑에 부드럽게 와서 부딪쳤다.

"여기로 와."

목소리가 어디서 오는 걸까.

잠시 뒤 밀라는 1.5미터 벼랑 아래, 움푹 파인 동굴 같은 곳에 파올라가 서 있는 걸 볼 수 있었다. 그녀의 투명한 두 눈에는 평온과 기쁨의 기운이 가득했다. 신비롭기까지 했다. 파올라는 밀라가 자기를 바라보고 있다는 걸 전혀 의식하지 못하고 있었다. 특별한 계시를 받은 사람이라면 몰라도, 벼랑 끝에 있을지 없을지도 모르는 성상을 보려고 목숨을 걸 순 없지 않은가. 밀라가 소리쳤다.

"거기서 도대체 뭐 하고 있는 거야? 빨리 올라와. 너무 위험해."

"아니야. 이리로 내려와."

"진심으로 하는 소리 아니지?"

밀라는 파올라 쪽으로 한 발도 내딛을 수 없었다. 바닷물은 단단하고 어두운 장막처럼 넓게 펼쳐져 있었다.

파올라는 여전히 평화와 신뢰가 가득한 미소를 짓고 있었다. 그녀가 서 있는 곳을 돌아보면 완전히 목숨을 내건 미친 짓이었다.

파올라가 다시 재촉했다.

"바위 쪽으로 몸을 돌리고 내려와! 하나도 위험하지 않아. 수백 번도 더 와 본 곳이야."

밀라는 주먹을 불끈 쥐었다. 파란색 손톱이 손바닥에 박히는 것만 같았다. 아주 잠깐이지만 머뭇거리며 그길로 돌아가 버릴까도 했다. 곧바로 마을로 가서 자전거를 찾아 아무도 없는 해변으로 가야지. 그곳에서 아이패드를 꺼내 이어폰을 꽂으면 귀에 들리는 거라고는 앤소니 키에디스*의 신비로운 목소리뿐이겠지.

"자, 빨리 내려와. 무서워서 그래?"

밀라는 볼 안쪽을 깨물었다.

---

*앤소니 키에디스 미국의 록 가수 및 배우로, 레드 핫 칠리 페퍼스의 일원.

파올라의 도전적인 어투가 조금 유치하긴 했지만 효력이 있었다. 밀라는 적어도 파올라 앞에서는 체면을 지키고 싶었다. 어떻게든 담대함을 끌어내 보려고 애를 썼다. 그러면서 동시에 너무도 쉽게 복종하려는 자신의 모습이 그다지 마음에 들지 않았다.

밀라는 파올라의 말대로 바위를 보고 돌아섰다. 그러고는 바닥에 몸을 바싹 눕힌 채 샌들을 신은 두 다리가 허공에 흔들릴 때까지 뒤로 물러섰다.

두 발 밑으로 단단한 바위가 느껴지기까지 영원의 시간이 흐른 듯했다. 그렇게 몸을 조금씩 미끄러뜨리면서 파올라 가까이 다가갔다. 이어 수직으로 치솟은 작은 암석이 만들어 준 몇 센티미터의 공간을 파올라와 공유했다.

파올라가 손을 뻗어 밀라의 손을 맞잡으며 기뻐했다.

"거봐, 할 수 있다고 했잖아."

밀라는 절벽에 바싹 붙은 채 침을 꿀꺽 삼켰다. 얼마 동안이나 자신의 뇌가 침을 삼키지 말라고 명령했던 걸까. 밀라는 여전히 떨리는 손을 천천히 빼냈다. 레드 핫 칠리 페퍼스의 로고 아래로 그녀의 심장이 쿵쾅거렸는데, 마치 채드 스미스가 드럼을 치면서 톰톰* 대신 그걸 사용할 수도 있을 정도였다.

맨 아래까지 가려면 약 3미터 정도가 남아 있었다. 무엇이 기다리

---

*톰톰 밴드에서 주로 세 개인 작은북을 뜻한다.

고 있는 걸까? 밀라의 입에서 신음 소리가 새어 나왔다.

"파올라……."

파올라는 대답 대신 두 발을 끼워 놓고 있는 뾰족한 바위의 봉우리를 가리켰다. 밧줄이 마치 탈선한 길잡이처럼 허공에 매달려 있었다. 너무나 기괴하게 보이는 밧줄이 그 어디로도 우리를 인도할 것 같지 않았다.

밀라는 자신의 두 눈을 믿을 수 없었다.

"계속 내려가자고? 어디 가는데? 저 아래는 바다야."

파올라가 미소 지으며 고개를 끄덕거렸다.

"배낭은 어떻게 하고? 내 옷은?"

"여기에 두고 가자. 조금 이따가 다시 올라올 때 가져가자. 나처럼 해 봐."

파올라는 원피스를 벗었다. 우윳빛이 감도는 푸른색 속옷이 드러났다. 지난번 보았던 소성당의 벽돌 색깔이 떠올랐다.

다시 밀라는 침을 꿀꺽 삼켰다. 그러고는 소리쳤다.

"거기서 뭘 할지 언제 얘기해 줄 건데?"

파올라는 머리를 바싹 틀어 올려 묶고는 밀라의 눈을 뚫어지게 바라보았다.

"네게 선물하고 싶은 게 있어서 그래. 이곳에 다른 사람을 데려온 건 처음이야. 너에게 보여 주고 싶은 게 있어."

그러고는 밧줄을 붙잡고 내려가기 시작했다. 공중 곡예를 펼치는 모습이 여신처럼 날렵해 보였다.

19장

바다가 두 팔을 벌려 밀라를 껴안아 주었다. 생명력 넘치는 품 안에 껴안아 주었다. 파도는 놀라울 정도로 잔잔했다. 자장가를 불러주듯 고요했다.

처음에 파도 사이를 미끄러져 들어갔을 때는 무서운 생각이 들었지만 이내 바닷물에 들어가자마자 편안해졌다.

파올라가 소리쳤다.

"10미터만 더 가면 돼. 조금만 헤엄쳐 가자."

밀라가 파올라를 앞질러 갔다. 예쁜 구릿빛 머리가 쪽빛 비단 천 위로 불쑥 솟아올랐다. 마돈나가 솟아 나온 것 같았다.

둘은 벼랑을 따라 천천히 헤엄치기 시작했다. 오랜 침식작용으로 인내를 가지고 부드러워진 지층의 거대한 밀푀유 파이 앞에 자신이 극도로 작아진 것만 같았다.

밀라는 어디로 가는지 더 이상 묻지 않았다. 더는 슬픔과 죄책감 사이에 방황하지 않고, 파올라가 자기가 들려준 얘기에 어떻게 반응

할지 더 이상 걱정하지 않기로 했다.

밀라는 눈앞에 펼쳐진 광경에 할 말을 잃었다. 암석마다 새겨진 황금빛 곡선, 밝은 빛이 새어 나오는 작은 동굴들, 더없이 투명한 바닷물, 아빠의 유리 조각품처럼 신기한 바위 조각들은 감동 그 자체였다. 깊은 전율이 온몸에 전달되었다.

밀라는 물결에 몸을 맡기고 물의 호흡에 맞춰 헤엄쳤다. 파도가 몸 안으로 스며들어 오는 것 같았다. 바다와 자신이 하나로 일치되고 있었다. 밀라는 바닷물이 이처럼 평화로울 수 있다는 걸 처음 깨달았다. 모든 인간의 생명이 물에서 시작된다는 건 무척이나 당연하고 명백한 사실이었다.

얼마 지나지 않아 둘은 해변과 수직으로 솟아 있는 곳까지 도착했다. 거대한 뱃머리에 서 있는 것처럼 놀랍도록 고요했다. 파올라는 앞으로 일어날 일을 상상하며 전율했다.

"이제 거의 다 왔어."

밀라는 파올라가 가리킨 방향을 바라보았다. 바다 쪽으로 툭 튀어나온 바위 때문에 잘 보이지 않았다. 밀라는 잠시 동안 부드러운 바닷물을 음미하고 벼랑이 꺾이는 부분까지 헤엄쳐 갔다. 두 팔이 조금씩 뻐근해지기 시작했다.

벼랑 뒤로 드디어 아주 작은 곳이 모습을 드러냈다.

순백의 아름다움이 밀라의 얼굴로 그대로 밀려들어 왔다.

찰나의 순간이었지만 숨도 쉴 수 없을 만큼 감동적이었다. 마치 오랫동안 밀라만을 기다리며 존재해 온 것 같았다. 완벽한 곳의 아름다움에 미쳐 버릴 것 같았다. 고통에 가까운 그 광경에 정신을 차릴 수 없었다. 쪽빛의 충격에 온몸이 얼어붙는 것만 같았다.

좀 전에 서 있던 벼랑 꼭대기에서는 이곳이 전혀 보이지 않았다. 모든 시선에서 차단된 백악질의 암석들로 둘러쌓여 있는 곳에 작은 피난처가 자리 잡고 있었다. 그 안으로 때로는 청록색으로, 때로는 청금석과 코발트, 남빛으로 혹은 차가운 푸른빛의 바닷물이 출렁이고 있었다. 무한한 색채의 향연이 펼쳐지고 있었다. 명료한 색부터 차이를 감지하기도 어려운 미묘한 색까지, 이름은 없지만 그래도 존재하는 그런 색조의 차이를 드러내고 있었다. 왼쪽으로는 암석에 새겨진 커다란 아치가 자신의 두 팔을 에메랄드 빛과 비현실적인 빛속에 담그고 있었다.

밀라는 내면에서부터 커다란 미소가 꽃처럼 피어나고 있는 걸 느낄 수 있었다. 잠깐씩 희미해질 때가 있을지는 몰라도 어떤 방식으로든 그녀 안에 꺼지지 않고 지속될 빛의 향연이었다. 시간을 초월하고, 세상에서 겪은 깊은 경험의 흔적처럼. 색채, 냄새, 소리……. 그녀 주변의 모든 것이 놀라울 만큼 강렬했다.

아빠의 유리 작업장에서 경험했던 황홀의 순간이 10년 지난 어느날, 그대로 재생되고 있었다. 그것은 온전하고 순수한 매혹 그 자체였다.

밀라는 10미터쯤 더 헤엄쳐 갔다. 숨이 차오르면서 감각이 혼란스러워졌다.

물에서 나오자 피로감과 함께 몽롱한 기운에 젖어들었다. 그러나 왠지 자신을 짓누르던 무거운 짐을 바다에 모두 내려놓고 나온 듯했다. 모든 것이 새롭고, 깨끗하게 씻겨 나간 듯했다.

밀라는 배를 바닥에 대고 누웠다. 팔과 다리는 추위로 굳어진 듯했다. 머릿속이 텅 비어 가고 있었다. 자신의 삶에 할당된 감정들을 모두 소진해 버린 것만 같았다.

가는 모래 알갱이가 황금색 벨벳처럼 부드러웠다.

잠시 뒤 밀라는 파올라가 옆에서 두 팔로 다리를 끌어안고 앉아 있다는 걸 깨달았다.

"3년 전 처음 이곳을 발견했어. 사연이 좀 길긴 해. 많이 좋아했던 사람이 있었는데, 그 사람이 나를 이곳으로 데려왔지."

파올라는 잠시 멈칫하더니 손가락으로 모래를 꾹꾹 눌러 가며 아라베스크 무늬를 그렸다. 그 위를 파도가 끊임없이 밀려왔다. 밀라는 자리에서 다시 일어났다. 아무 질문도 하지 않고 더 가까이 다가가 앉았다.

"그 뒤로 매년 이 섬에 올 때마다 이곳을 찾아와. 혼자 생각할 게 있거나, 뭔가 정리할 게 있을 때면 말이야. 이곳엔 왠지 마법의 힘이 있는 것 같아. 마음을 편안하게 가라앉혀 주거든."

밀라는 고개를 끄덕거렸다. 더 보탤 말이 없었다. 침묵하고 있는 게 전혀 불편하지 않았다. 살갗에 달라붙은 모래 알갱이들을 바라보는데 머릿속에 강렬한 플래시가 번쩍 지나가는 것이었다. 이곳에 오기 전, 기억 속에서였는지, 상상 속에서였는지 모르지만 무척 기분이 좋았던 게 생각났다. 람페두사 섬이 자신에게 주는 힘에 대한 얘기를 하고 있었다. 자신감과 신뢰를 회복시켜 주는 섬, 현재의 삶을 다시 느끼고, 사랑할 수 있게 해 주는 힘이 있는 섬이라고. 이런 확신이 무척 놀랍고, 감탄스러웠다. 더없이 고요한 기쁨을 안겨 주었다.

"고마워 파올라. 정말 고마워."

파올라는 살짝 미소를 지어 보였다. 그러고는 다시 바다를 뚫어지게 바라보았다. 바닷물 표면이 정지된 듯 평온해 보였다. 향기로운 미풍에 잔물결이 일렁거렸다.

"여기까지 헤엄쳐 오면서 네가 해 준 말을 생각해 보았어. 조금 전 바에서 한 말 말이야."

파올라가 머리를 밀라 쪽으로 기울면서 계속 얘기를 해도 되겠느냐고 묻는 것 같았다. 밀라는 그러라고 눈으로 대답했다. 당연히 파올라가 어떤 생각을 하는지 궁금했다. 하지만 더 이상 걱정하진 않았다. 밀라는 머리를 뒤로 젖히고는 눈을 감았다. 얼굴을 바람결에 내밀었다.

파올라가 말을 이었다.

"사실 네 얘기를 들으며 생각난 게 있어. 위고가 한 말 기억나지? 위고네 아빠가 어부라고 했잖아."

밀라는 두 눈을 뜨고 생각을 하나로 모아 보려고 애썼다. 너무 많은 감정을 느낀 터라 머리가 굳어진 것 같았다. 밀라는 잠시 침묵하다 파올라가 지금 무슨 얘기를 하려는 건지 대화를 따라가 보려고 애를 썼다. 그녀는 주위 경관에 매료되어 있었기에 아무 말없이 조용히 있고 싶었지만 그럴 수 없었다.

"음…… 그런데. 그래서?"

파올라가 계속 이야기했다.

"사실 1년 반 전에 위고네 아버지가 고용인들을 해고해야 했어. 법적인 문제가 있었거든. 위고네 아버지의 배가 몇 달 동안 압류도 당했고, 어마어마하게 많은 벌금도 내야 했지."

밀라는 당황스런 표정을 지으며 파올라를 쳐다보았다. 위고네 아버지가 무슨 일을 저질렀는데? 순간 마피아와 관련된 건 아닌가 했다. 혹시 마약을 밀수했나? 무기 거래를 했나? 여기서는 흔히 일어나는 일이었다. 하지만 어떻든 간에 위고네 아버지의 일과 자신의 얘기가 어떤 관련이 있다는 걸까?

"그래? 왜?"

"그 얘기를 들었는지 모르겠는데, 이탈리아와 시칠리아에 얼마 전에 새로 생긴 법이 있어."

파올라는 잠시 말을 멈추고 어떻게 말을 해야 할지 몰라 망설였다.

"정확하게 어디서부터 얘기해야 할지 모르겠어. 다 말로 표현하지 못할지도 몰라."

"어떤 법인데 그래?" 밀라는 모래의 섬세함에 새삼 감탄하며 물었다.

"그 법에 따르면 바다에서 길을 잃고 어려움에 처한 불법 난민을 도우면 처벌을 받는다는 거야. 고기잡이배나 요트 따위의 모든 배들에게 적용된다나 봐*."

"그게 정말이야?"

주위에 있던 작은 곳과 모든 색채들이 한순간에 사라져 버렸다. 새하얗게 질린 얼굴로 밀라가 물었다.

"그런데…… 그 사람들이 바다에서 죽어 가도?"

"말도 안 되는 소리지. 안 그래? 불법 이민을 막기 위해서 만든 법이라지만. 사람들이 어떻게 그런 법을 만들어 낼 수 있는지 부끄러울 뿐이야."

밀라는 긴 다리에 붙어 있는 모래 알갱이를 걷어 냈다. 아주 작은 입자들이 곳곳에서 반짝반짝 빛났다.

"위고네 아버지는 어려움에 처한 불법 난민들을 바다에서 구해 주었는데, 막 새 법이 공표되었던 터라 바로 체포된 거야. 첫 번째 케이스였지."

밀라는 뭐라고 할 말이 없었다. 끔찍한 일이었다. 세상에서 중요한 부분들이 갑자기 그녀 앞에 한 번도 들어 보지 못했던 현실로 드러나 버린 것만 같았다. 오랫동안 현실을 무시해 왔기 때문인지, 아니면 너무나 자기 일에만 몰두했기 때문에 알아보지 못했던 걸지도 모른다. 과거를 후회하고, 마뉘엘이 태어나지 않았으면 자신의 삶이 어땠을까에만 온 정신이 가 있었으니. 람페두사 섬을 그렇게 잘 알고

---

*이탈리아에서 2002년에 통과된 보시피니 법은 불법 이민자들을 강력하게 규제하고 있다. 모든 이들, 특히 어업 종사자들이 바다에서 불법 이민자를 구조할 경우 법적 처벌을 받도록 되어 있다.

있다고, 속속들이 발견했다고 믿고 있었는데 느닷없이 이렇게 중요한 사실을 놓치고 있었다니.

"그래서 위고네 아버지는 감옥에 간 거야?"

"아니야. 다행히 집행유예로 풀려나긴 했어." 파올라가 그녀를 안심시켜 주었다.

갈매기 한 마리가 둘의 머리 위로 끼룩끼룩거리며 날아갔다. 그러다 갑자기 바닷물 속으로 쏜살같이 달려들더니 이내 부리에 아무것도 물지 못한 채 물 위로 튀어 올랐다.

파올라가 말을 이었다.

"이 모든 일들 때문에 위고가 완전히 정신을 차릴 수 없었지. 삶을 늘 긍정적으로 바라보고, 애국심이 대단했던 친구였으니까. 솔직히 요즘 보기 드문 아이야. 많은 사람들이 나서서 법의 부당함을 주장했지만 이미 그에게는 커다란 충격이었던 같아. 자기 조국이 죽어 가는 사람을 살린 아빠를 죄인으로 몰아세우는 나라라는 사실을 도저히 받아들일 수 없었던 거지. 왠지 배반을 당한 느낌이었을 테고. 무슨 말인지 알겠지?"

밀라는 고개를 끄덕거렸다.

"네가 그때 위고를 봤으면 못 알아봤을 거야. 하루는 자기 아빠가 그들이 죽든 말든 그대로 바다에 내버려 두었어야 했다고 말하다가도 그다음 날은 길거리와 마을 이웃집 앞에서 소리를 마구 지르며 나라에 대한 분노를 여지없이 토해 내곤 했어. 그가 어떻게 될지 도저히 짐작할 수가 없었어. 아주 잘못될 수도 있었고."

"그런데 어떻게…… 헤어 나올 수 있었어?"

"그의 엄마가 위고를 먼 친척뻘 되는 숙모에게 보냈어. 시칠리아 에나의 외진 마을로 보냈지. 혹시 위고가 정신병원에 감금되는 게 아닐까 두려워했으니까. 감옥에 갈 수도 있었고. 위고는 그때 처음으로 람페두사 섬 밖으로 나가 본 거였어. 숙모 집에서 외부와의 모든 접촉을 끊고 석 달을 지냈어. 우리하고도 전혀 연락하지 않았으니까."

밀라는 깜짝 놀랐다. 품위가 느껴지는 체격에 말끔하게 단장한 머리 스타일의 그를 보면 전혀 파올라의 말처럼 힘든 일을 겪은 아이 같아 보이지 않았기 때문이었다.

밀라가 자기 생각을 말하자 파올라가 대꾸했다.

"그래, 정말 믿을 수 없지. 안 그래? 그런데 정말 그랬다니까. 그가 숙모 집에서 석 달 동안 어떻게 보냈는지 우리는 잘 알지 못해. 정확히 뭘 하고 지냈는지도. 하지만 어쨌든 완전히 달라져서 섬으로 돌아왔어. 그 이후로도 여러 일을 겪었지. 우리도 마찬가지고. 세상을 바라보는 시선이 예전과는 완전히 달라졌지."

"왜?"

"이제 더는 쓸데없이 투덜거리기만 하진 않으니까. 그 법이 없었다면, 난민들이 자기 나라를 떠나오지 않았으면 아무 문제도 없었을 텐데, 모든 게 정당하고 정상적일 텐데, 라며 불평하면서 시간을 낭비하지 않기로 한 거지."

밀라는 눈썹을 찡그렸다.

"무슨 뜻이야? 그럼 우리는 결국 아무것도 변화시키지 못할 거면서 잘못된 걸 그대로 받아들여야 한다는 거야?"

"그게 아니야. 내가 좀 더 자세히 얘기해 볼게. 위고네 아빠는 어선을 다시 장만하느라 많은 빚을 졌어. 바다는 위고네 아빠의 모든 삶의 터전이었거든. 위고네 아빠는 바다를 당당하게 대할 거라고 해. 예전에 겪은 일이 다시 일어난다 해도 계속 자기 길을 갈 거라고. 여전히 난민들을 구할 거라고 말이지. 물론 이번에는 다르게 행동하겠지. 경찰에 알리지 않고 은밀하게 조치를 취할 거라고 말이야."

갈매기 한 마리가 밀라의 시선에 다시 들어왔다. 갈매기는 검은 눈으로 물 위를 살피더니 어느새 날아갔다.

"내가 말하려는 건, 이제 위고는 더 이상 자신을 괴롭히고 파괴하지 않는다는 사실이야. 왜냐하면 위고는 더 이상 불가능한 걸 바라고만 있지 않거든. 위고도 그렇고 우리도 깨달은 거야. 우리가 지닌 유일한 해결책은 현실을 받아들여야 한다는 거야. 그렇다고 그게 모든 걸 포기한다거나 아무 일도 없는 듯 모른 체하라는 건 절대 아니야. 우리가 할 수 있는 것들, 우리의 방법으로 해낼 수 있는 것을 하나씩 해내면 된다는 거지. 지금은 우리 넷 모두 이 법의 폐지를 위해 싸우는 모임에서 꽤 열심히 활동하고 있어. 위고는 정치 역사과에 입학했는데 나중에 신문기자가 되고 싶대."

"그래?"

"응, 그런데 순전히 내 생각이지만 위고는 결국 바다로 돌아올 것 같아. 그의 아빠처럼 배를 타게 될 것 같아."

밀라는 아무 대답도 하지 않았다. 모든 걸 소화할 시간이 필요했다.

현재를 받아들여야 한다. 썩고, 야비하고, 부당한 것일지라도. 죽음, 질병, 절망, 부재조차도.

밀라는 가만히 파올라의 어깨에 기댔다. 그녀의 어깨에 모든 생각과 고뇌의 짐을 내려놓았다.

두 친구는 나란히 바닥에 누웠다. 배의 맨살 위로 햇빛이 비추며 황금색 구슬이 방울방울 맺혔다.

그들은 따뜻한 바다의 보호를 받으며 스르르 잠에 빠져들었다. 밀라는 잠들기 전 두 발 위로 가만히 내려앉는 진홍색 얼룩을 보았다. 바다가 이제 막 그녀에게 신데렐라의 구조 튜브를 가져다준 것만 같았다. 아니다. 이제 밀라는 오렌지색 석유통이 없어도 얼마든지 살아갈 수 있을 것 같았다.

20장

밀라가 먼저 두 눈을 떴다. 붉은 해가 수평선을 부드럽게 애무하고 있었다. 따뜻한 온기가 주위에 감돌고, 출렁이던 바다도 이제 촉촉하고 부드러운 속삭임으로 일렁이고 있었다.

파올라는 여전히 잠들어 있었다. 밀라는 잠시 그녀를 물끄러미 바라보았다. 맑고 고요한 그녀의 얼굴을 찬찬히 들여다보았다. 노을빛이 그녀의 구릿빛 머리카락 위에서 장난을 치고 있었다.

밀라는 파올라의 팔에 가만히 손을 댔다.

"파올라? 파올라?"

파올라가 눈을 뜨더니 밀라를 바라보며 미소 지었다.

"파올라, 곧 어두워질 거야. 돌아가야지."

파올라는 자리에서 일어나 길게 기지개를 켰다. 그녀는 해가 바닷속으로 완전히 빨려 들어가는 것을 바라보며 숨을 가볍게 내쉬었다가, 잠이 덜 깬 목소리로 말했다.

"오래 잠들어 있었나 보다. 이제 가야지. 친구들이 걱정할 거야.

다들 우리가 어디서 뭘 하고 있는지 궁금해할 거야."

"파올라."

"응?"

"오늘은 그냥 집으로 갈게."

파올라의 얼굴에 미소가 환하게 번졌다. 해가 다시 떠올라 그녀의 얼굴을 밝혀 주는 것만 같았다.

"그래, 데려다줄게."

에필로그

밀라가 그 소식을 들은 건 이틀 뒤였다. 아침을 준비하려고 마을 시내로 빵을 사러 나온 참이었다. 밀라는 부모님이 깨기 전에 테라스에 예쁜 아침 식사를 준비해 드리고 싶었다. 정원에서 꽃도 꺾어 꽂아 놓고, 설탕이 탱글탱글 맺힌 브리오슈도 준비하고. 전날은 하루 종일 부모님과 함께 지냈다. 욕실 페인트칠하는 것도 도왔다. 세 사람은 함께 많은 얘기를 나누고, 맘껏 눈물도 쏟아 냈다. 앞으로도 그들은 지금까지 잃어버린 시간들을 함께 보내야 했다. 가슴속에 묻어 둔 얘기들도 하나씩 꺼내야겠지. 함께 일궈 나가야겠지.

성당 종소리가 8시를 알렸다. 하지만 람페두사 거리는 이미 평온한 잠에서 깨어나 있었다. 사람들은 상점들 앞에서 심각한 얼굴을 하고 뒷짐 지거나 팔짱을 낀 채 이런저런 이야기들을 나누고 있었다. 포석이 깔린 인도 위로는 무심한 햇빛이 비치고 있었다.

중심가에서 몇 킬로미터 떨어진 포르토 살보의 작은 성당에서는 이미 작지만 힘 있는 기도 소리가 조용히 깔리고 있었고, 놋쇠 양초 받침 옆에 놓인 헌금함으로 동전 떨어지는 소리가 쉬지 않고 울렸다.

그런데 구원의 섬인 람페두사의 일상이 다시 삐걱거리고 있었다. 한여름 새벽, 얼어붙은 냉기가 흘렀다.

밤사이 알테르III의 선장인 귀도 팜비앙쉬가 파도에 휩쓸려 온 배 하나를 발견했다고 했다. 선장이 선원들과 함께 이 배를 호위해 해안가로 끌고 왔다고 했다. 난파선 안으로 헤드라이트를 비추자 일곱 명의 실루엣이 드러났다고 했다. 세 사람은 의식은 잃고 있었지만 그래도 살아 있었다고 했다. 그중 고무 튜브에 반쯤 기댄 채 누워 있던 젊은 청년은 오른쪽 팔에 황금색의 가는 놋쇠 팔찌를 끼고 있었다고 했다. 그리고 나머지 둘은 서로 뒤엉켜 있었는데, 한 사람의 두 팔이 젊은 여자의 배를 감싸 안고 있었다고 했다. 살짝 둥그렇게 부풀어 오른 배에는 희미하지만 생명의 기운이 남아 있었다고.

선원들 중에는 구조 작업을 반대하는 이들도 있었지만 귀도 팜비앙쉬는 몇 년 전 위고네 아빠처럼, 구조하기로 결정하는 데 얼마 걸리지 않았다고 했다. 그건 무엇보다 인간 본연의 문제였으니까. 사람들이 그에게 그래도 이미 정해진 법은 지켜야 하는 거라고 말하지 않기를 바랄 뿐.

구조된 세 명은 이름도 사연도 알려지지 않은 채 그대로 팔레르모의 병원으로 후송되었다.

람페두사 시청 앞에는 작은 군중이 밀집해 있었다. 밀라는 어렵지 않게 그중에서 파올라를 알아볼 수 있었다. 그녀 옆에서 위고, 올리비아, 라파엘이 전단지를 나눠 주고 있었다. 지나 아주머니의 모습도 보였다. 한쪽 부스에 앉아 사람들에게 청원서 서명을 요청하고 있었다. 20일 전에 지나 아주머니를 처음 보았을 때 밀라는 지나 아주머니가 그저 수다나 떠는 별로 진중하지 못한 아주머니라고 생각했는데 전혀 그렇지 않았다. 그때의 일들이 아주 오래전의 일처럼 아득하게 느껴졌다.

밀라는 사람들 무리를 지나 친구들이 모여 있는 쪽으로 갔다. 밀라는 여전히 떨고 있었다. 들어서 알고 있는 것과 직접 눈으로 보는 것은 엄청난 차이가 있었다. 파올라가 들려준 얘기들이 그녀 앞에 현실로 펼쳐질 거라고는 생각도 못한 일이었다. 관자놀이 주위가 식은땀으로 축축하게 젖어 있었다.

"그 아이들이 어디서 왔대? 살아남은 아이들은 어떻게 된대?" 밀라는 친구들한테 인사하는 것도 잊고 물었다.

"아직 몰라. 우리는 아직 아무것도 몰라." 파올라가 속삭였다.

얼마 지나자 많은 군중들이 하나의 목소리를 내기 시작했다. 밀라는 그들을 따라 외치기 시작한 자신을 보며 스스로 완전히 다른 밀라가 되어 있다는 사실을 깨달았다. 세상으로 한 발 내딛고 나아가고 있다는 느낌이 들었다.

그 누구도 사선을 넘다 죽은 형제들, 누이들, 아이들, 부모들을 되살려 내지는 못할 것이다. 그 누구도 마뉘엘을 되살려 내지 못할 것이다. 이미 잃어버린 것을 되돌릴 방법은 없다.

밀라는 이제 미래를 꿈꾸고 싶어졌다.

아직은 미래가 자신을 위해 무엇을 준비해 두고 있는지 알지 못한다. 그녀는 자신의 세계와 충돌을 일으키며 다가온 이 난민들을 위해 무엇을 해야 할지 아직은 알지 못한다. 하지만 한 가지 분명한 게 있다. 포기하지 않고 하나씩 어려움을 해결해 나가리라. 마음속 깊이 정성을 다해 크고 작은 기도들을 올리면 그 기도들이 자신의 역할을 감당해 나가며 하나의 선을 이뤄 내리라.

세상에 아직 태어나기 전의 나의 모습으로 돌아가 본다. 나는 따뜻한 피난처에 있다. 그 안에서 엄마의 심장박동 소리에 매달려 있다.

붐, 붐, 붐, 붐.

그 소리가 조금 약해지긴 했지만 여전히 들린다. 엄마는 결코 나를 내버려 두지 않을 것이다. 싸워서 마침내 이겨 낼 것이다.

지금 이 시간 큰 변화가 일어났다. 침묵이 도망쳐 버렸다. 외침, 사이렌 소리, 날카롭고 강한 외침이 들리기 시작했다. 내가 알지 못하는 목소리들이 들리기 시작했다.

다시 한 번 엄마의 심장 소리를 듣고 싶다. 엄마가 흥얼거리던 노래를 듣고 싶다.

붐붐 붐다붐.

아름다운 선율과도 같은 엄마의 심장 뛰는 소리가 들린다.

붐 붐 붐붐.

나는 아직 내가 어디에 태어날지 알지 못한다. 하지만 한 가지 바람이 있다. 사랑과 희망으로 심장이 뛸 수 있는 그런 곳에 태어나고 싶다.

2013년, 이탈리아 남부 시칠리아 부근의 섬 람페두사에서 전복된 난민선에 관한 기사들이 대서특필되었다. 이 사고로 366명의 아프리카 불법 이민자들이 죽음을 당했다. 물론 이 사고가 처음 일어난 비극은 아니었다. 이미 90년대 이후 사하라 이남 지역에 거주하는 아프리카 난민들이 유럽에 피난처를 찾아 유입되기 시작했다. 20년 사이 13,250명(유엔 발표 자료 참조, United for Intercultural Action)도 넘는 난민들이 유럽의 국경선을 넘지 못한 채 죽어 갔다.

작가이며 기자로 활동하는 레오나르드 빈센트에(2002년 리바주 출판사에서 발간한 『에리트레아 사람들』 참조) 따르면 10여 년 전부터 '강제 노역 캠프'를 실시하는 에리트레아에서 점점 더 많은 여자와 남자, 심지어 아이들까지 국경을 넘는다고 한다. 『난민들』에는 조국을 버리고 떠나야 했던 에리트레아 난민들이 겪는 힘든 여정이 담겨 있다. 나는 의도적으로 이 이야기를 2006년의 상황에 맞춰 전개했다. 왜냐하면 난민들이 그들의 조국을 떠나는 건 유럽 국가의 사회적 원조를 '받기 위해서'가 아니라, 얼마 전부터 에리트레아에서 자행되는 참을 수 없는 억압 상황에서 벗어나기 위해서라는 걸 강조하고 싶었기 때문이다. 17세에서 47세까지 강제적 군 복무와 노역의 의무, 반정부 세력에 대한 체포와 고문, 독립 신문 발간 금지, 자유로운 신체 이동 제한, 불시 검문, 강제수용소 운영 등등.

하지만 그 당시 사선을 넘어 람페두사에 도착한 난민들은 이미 이 소설에서 언급된 것보다 더 많았다. 섬은 더 이상 밀라가 묘사하듯 조용하고 평온하지 않았으며, 경제적으로도 심각한 어려움을 겪고 있었다. 이탈리아 사람들 간에도 의견 충돌이 잦았다. 인도적인 차원에서 당연히 난민들을 수용해야 한다는 의견도 많았지만, 반면 난민들을 받아들이는 데 너무 많은 비용을 지출해야 한다며 적극적으로 반대하고 나서는 이들도 많았다. 이 소설에서 언급된 '보시피니' 법은 현재 유엔헌장에서 보장하고 있는 국제 난민법, 해양 연구와 구조에 관한 국제법과 충돌을 일으키고 있다. 하지만 그렇다고 이 법이 해안경비대로 하여금 위험에 처한 배의 구조를 금지하고 있는 것은 아니다. 오늘날 유럽연합은 지중해 연안에서 불법 난민들의 난파 사고를 줄이기 위해 인도적, 재정적 차원의 대규모 지원을 실시하고 있다.

난민들

한 개의 섬, 두 개의 시선

초판 1쇄 발행 2016년 10월 19일
초판 3쇄 발행 2020년 03월 27일

지은이 안느리즈 에르티에
옮긴이 정미애

총괄 모계영 | 기획편집 이사 이은아 | 편집 조정우, 민가진, 한지영
디자인 강미서 | 마케팅 구혜지, 한소정

펴낸이 한혁수
펴낸곳 도서출판 다림
등 록 1997. 8. 1. 제1-2209호
주 소 07228 서울시 영등포구 영신로 220 KnK 디지털타워 1102호
전 화 (02) 538-2913 | 팩 스 (02) 563-7739
블로그 blog.naver.com/darimbook
다림 카페 cafe.naver.com/darimbooks
전자 우편 darimbooks@hanmail.net

ISBN 978-89-6177-130-6 43860